交際0日夫婦

政略婚の蜜月が甘いようです

★

ルネッタⓁブックス

CONTENTS

Lunetta

プロローグ

眉目秀麗な顔が近づいた次の瞬間、あっと思う間もなく唇が重なる。

それは不意打ちの口づけだった。

婚姻届を出し、自宅へ送り届けられた結月《ゆづき》の唇を塞いだのは、夫になったばかりの男。

「妻にキスをするのは夫の特権だ」

そよ風に撫でられたように触れた唇が離れ、目の前の彼がかすかに微笑む。

うれしそうな顔に見えたのは錯覚か。それとも、そうだったらいいのにと願う結月の期待が見せた幻か。

紙切れ一枚で結ばれたふたりには、まだ確かなものはなにもない。あるのは互いが背負う家と会社の繁栄という責任だけ。

だから、彼がうれしそうな顔をしたのだとしたら、その未来に一歩近づいたことに対する安堵のせいだろう。

愛が芽生えるにはまだ日が浅すぎて、恋になるには心が惑う。

結月は、この結婚がもたらす未来が、どうか幸せなものでありますようにと願わずにはいられない。

まだ明るい遠くの空に、今にも消え入りそうな三日月が浮かんでいた。

結婚へのカウントダウン

とうとうそのときがきたかというのが、正直な感想だった。

仕事を終えて帰宅した久我山《くがやま》結月は、リビングのソファに座る神妙な面持ちの両親の向かいにストンと腰を下ろした。自宅の玄関に入ったときからどことなく緊迫感のある空気が漂っていたため、その原因を知って納得である。

「結月、悪いが堪えてくれ」

父の剛《つよし》が苦虫を噛み潰したような表情を浮かべる。六十代の年齢相応に眉間にある縦皺が、より深く刻まれた。

その隣では母の恵子《けいこ》も申し訳なさそうに眉尻を下げている。普段はおおらかでにこやかな彼女がそんな表情をするくらい、深刻な雰囲気が部屋に立ち込めた。それを払いのけるように結月は笑い返す。

「大丈夫よ、お父様。私なら平気です。結婚の心構えならできていますから」

しっかりとした口調でそう言いきった。

いつからだったろう。ゆくゆくは家のために、会社のために、政略的な結婚をしなくてはならないと使命感にも似た想いを抱えて生きてきた。

曾祖父の代から経営する老舗の久我山旅館は、格式の高さと伝統があり、最高のおもてなしを提供する宿泊施設として名高い。日本各地に展開している旅館はどこも高評価を得ており、一度は泊まってみたいホテルランキングでも常に上位をキープしている。

その地位を保つために、そしてより盤石な経営基盤を築くためには、久我山にとって有益な企業と手を組まなければならない。

先月二十六歳の誕生日を迎えたばかりの結月は、幼い頃からなんとなくそう感じていた。

「結月、本当にそれでいいの？　好きでもなんでもない人といきなり結婚するのよ？」

結月よりふたつ年上の姉、梨々花《りりか》が隣からたしなめる。

くっきりとした二重瞼の目鼻立ちが華やかな彼女は、幼少期からその美貌で多くの人間を魅了してきた。スラッとした長身のモデル体型で、街を歩けば誰もが振り返る容姿の持ち主。二十八歳になった現在は、満開の桜のように最盛期の美しさを誇っている。結月にとって自慢の姉だ。

いっぽうの結月は、美しいというよりはかわいい部類。ストレートでさらさらの艶やかなロングヘアをした姉に対し、肩より少し長い結月の髪はうねる癖があり、梅雨時にはまとめるのにひと苦労する。幼い頃には「よく似た姉妹ね」と言われたものだが、大人になるにつれてその差は大きく開き、今では追いつくのはおろか、その背中も見えないくらいに遠い。

「誰だって、出会う前は好きでもなんでもないでしょう？」

人の心は、誰だってみんなまっさらの状態。最初から好意は存在しないのだから。

「それはそうかもしれないけど、好きになれるかどうかもわからない相手と結婚しなきゃならないの。生理的に受け付けないとか嫌いなタイプの相手かもしれないのよ？」

「そのときは、好きになれるように努力する」

「あのね、好きになるのに努力は必要ないの。言い方を変えると、努力して好きになるのは恋とは違う」

梨々花は結月の腕を摑み、力強く首を横に振った。

小さい頃から覚悟していたとはいえ、そう断言されると結月の心だって揺れてしまう。なにしろ恋は未経験。いくつもの恋愛を重ねてきた梨々花の言葉には説得力がある。

「そんなに結月が心配なら、梨々花が代わりに結婚するか？」

剛と恵子の目が結月から梨々花に移る。

「まさか！　ずっと言ってきたでしょ？　私は政略結婚なんかしないって。結婚相手は自分で選ぶの」

梨々花は顔の前で手をひらひら振り、猛烈に反論した。おぞましいものでも見るような目つきをしても美貌が変わらないのが結月には羨ましい限りである。

将来は家のために結婚するのだと結月が考えるようになった一番のきっかけは、梨々花のその言葉だと言っていいだろう。姉が拒んでいる以上、要請があれば自分が応えなければならない。いや、応えたいと。

学業も運動もそつなくこなし、常にトップクラスだった梨々花は現在、大手の商社でバリバリ働くキャリアウーマンだ。

そんな彼女とは違い、結月はたいていが平均。それでも姉のようになりたいと猛勉強して有数の進学校に入学し、必死に後を追いかけた。しかし全然追いつけず、両親の期待に応えられる唯一のものが結婚だと、いつの頃からか考えていたような気がする。

華麗なる恋愛遍歴を重ねてきた梨々花と違い、二十六歳になった現在も結月は恋をした経験がないのだ。もちろん淡い恋心なら抱いたことがある。しかし恋人関係に発展するどころか、いつの間にか忘れるくらいの儚い想いだった。この結婚を逃したら生涯独身の可能性もあるだろう。

「それなら梨々花は黙ってなさい」

剛が静かに言い含める。いつになく真剣な声色だが、梨々花はそれで黙ることはない。

「大切な妹の一大事だっていうのに黙ったままではいられないでしょう？　それも相手があのプレジールの御曹司だっていうんだから」

「えっ」

梨々花の言葉を聞いて絶句する。

（プレジールの御曹司？　今、そう言ったの？）

聞き捨てならない言葉だった。

「だから父さんも、こうして眉間にざっくりと皺を刻んでいるんじゃないか。なぁ恵子」

剛は自分の眉を指差し、隣に座る恵子の膝をポンと叩く。

恵子は優しい面差しをゆっくりと結月に向けた。

「結月、じつはお相手は矢神《やがみ》忍《しのぶ》さんなの。あなたももちろん知ってるわよね？」

「う、うん……」

知らないはずはない。プレジールは日本屈指のラグジュアリーホテル。世界各国にいくつもリゾートを展開し、誰でも一度は名前を聞いたことのある超有名ホテルだ。

さらに言うと、プレジールは久我山旅館のライバルである。

彼はそのひとり息子であり、類稀なる容姿で経済紙はもちろんファッション誌も賑わせるような男だ。三十二歳にしてプレジールの副社長として辣腕をふるっていると聞く。

しかしなぜ、長年のライバルであるプレジールの息子との結婚話が持ち上がったのだろうか。

お互いにいがみ合うことはあっても、向かい合って手を取り合うような仲ではないはずだ。

「ホテルリゾティアは結月も知っているだろう？」

もちろんと頷く。ホテル業界に身を置く者なら知らないはずはない。

フランスに本社を置く外資系の高級ホテルとして名高いリゾティアが、日本進出の第一号として開業したのは先月のこと。連日テレビやネットニュースなどで盛んに取り上げられている。

結月は久我山の本社に勤務しており、このところ職場での話題といえばもっぱらリゾティア関連が多い。興味津々に同僚たちと見学したが、マスコミが報じている内容に嘘偽りのない素晴らしいホテルだった。感心するいっぽうで、こんなホテルが日本に乱立したら、久我山旅館はいったいどうなってしまうのかと不安も覚えたものだ。

「ほかにも外資系のホテルが日本進出を視野に入れている話もある。それらに対抗するためには、より強固な基盤を築かなくてはならない。もちろんサービスなどのソフト面の向上は当然ではあるがね」

「そのためにプレジールと手を組むの？」

「さすが結月！　察しがいいね」

先ほどまでの深刻な表情はどこへやら、剛がパッと顔を輝かせる。しかし梨々花から「喜んでる場合じゃないでしょ、お父様」と激しいツッコミが入り、すぐさまシュンと肩を落とした。

「そもそもプレジールとはライバルじゃなかったの？　矢神一家は久我山の天敵、息子の忍は冷酷な男だってずっと私たちに言ってきたじゃない。そんな男のところに結月を嫁がせるなんて」

梨々花に重ねて指摘され、剛はむぅと口を引き結ぶ。どうしようもなく腹立たしいといった表情だ。

「父さんだって断腸の思いなんだ。大事な結月をにっくきプレジールの息子と結婚させるっていうんだから」

「もうあなたったら、そんな子どもじみた言い方はしないの」

ふんっと鼻息を荒くし、両腕を胸の前で組む剛を今度は恵子が諌めた。

プレジールの現社長である矢神和彦《かずひこ》と剛は大学時代の同級生で、当時から犬猿の仲だったのだとか。なにかにつけて競い合い、結果を求めて張り合っていたという。互いの父親がホテルを経営しており、その後継ぎという同じ境遇。それが共感でなく反感となり、相容れない間柄になってしまったようだ。

父親が退き、社長になるタイミングまで同じだったせいで、さらに対抗意識がヒートアップ。梨々花が言うように、結月は子どもの頃から「矢神一家は久我山の天敵だ」と何度となく聞かされて育った。息子の忍が冷酷だとも。

政略結婚に驚きはしないが、相手がその天敵だと聞き、結月も冷静でいられない。

久我山旅館の本社で働く結月の耳には、忍の業界での噂も入ってくる。それはやはり父親の剛から聞かされているものと変わらないのだ。

容姿端麗だという忍は次期社長としての手腕を発揮しているが、プレジールにとってマイナスだと考えた取引先は、関係性が長くても切り捨てる冷酷さを持ち合わせているという。さらに、有利と考えた相手ならば懐柔する策略家でもあると。

そんな男のもとに嫁ぐというのだから、平静を保てなくて当然だ。

「じつは今回の話は、矢神の方から持ち掛けられたものなんだ」

おそらく当初は才色兼備の梨々花に縁談が持ち込まれたのだろう。しかし梨々花が首を縦に振らないため、妹の結月に話が回ってきたに違いない。

「プレジールの矢神社長からお話が？」

聞き返した結月だが、剛は首を横に振った。

「その息子の忍だ。外資系ホテルに大きな顔をさせたままでいたくないとね。ホテルと旅館とで様式は違うが、ふたつが融合すれば絶対により良いホテルを作れると。まぁ、そこは〝ホテル〟じゃなく〝旅館〟だと言い返したんだがね」

ツッコミどころが小学生レベルのため、恵子も梨々花も目を細くして剛を見た。

会社では精彩を放つ剛だが、自宅でのリラックスモードの彼を見ると、日本に名を轟かせる久我山旅館のトップとは思えない。恵子によれば、そのギャップが魅力でもあるらしいが。

さすがに空気を読んだのか、剛はコホンと軽く咳払いをして場を改めた。

「矢神忍の言っていることは、まさに父さんも考えていることだったんだ。日本のホテル業界の底力を見せつけてやろうじゃないかとね」

「仲良く手を組むことになったのなら、結月と矢神忍が結婚する必要はないんじゃないの？」

梨々花が鋭いところを突く。言われてみれば、確かにそうだ。お互いが納得しているのなら、業務上の連携で十分だろう。なにも子ども同士を結婚させる必要はない。

「姻戚関係になり、より強固な関係性にしなければ、お互いに信用できないではないか。戦国時代だってそうだろう？　敵軍に自分の娘や妹を嫁がせたじゃないか。それと同じだ。なにしろ長年のライバル。いつどちらが反旗を翻すかわからない。たとえば、あちらがリゾティアの令嬢との婚姻関係を結んだらどうなる？」

　日本を代表するホテルのプレジールとフランスでトップクラスのリゾティア。そこが手を組んだら、久我山旅館は太刀打ちできないだろう。プレジールが、いや、矢神忍が国内同士の融和を考えてくれて助かったと思わざるを得ない。

　外資系ホテルのみならず、久我山のような老舗旅館はほかにもある。プレジールが久我山より下位クラスと手を組んだら、一気にランクは入れ替わるだろう。

　剛はそれを恐れて、矢神の提案を受け入れたに違いない。ライバルの矢神和彦と協力していくというのだから、まさに苦渋の決断だ。

　これまで何不自由なく暮らしてこられたのは、紛れもなく両親のおかげ。姉の梨々花のように美貌や能力に長けていなくとも、ふたりから目いっぱいの愛情を注がれてきた。結月が卑屈にならずにいられるのも、両親の愛情を信じられたから。

　結月が矢神忍と結婚することでふたりの期待に応えられるのなら、答えはひとつしかない。

　背筋を伸ばし、両手を膝の上に揃える。

「お父様、お母様、私、矢神忍さんと結婚します。このお話、お受けします」

　ふたりを真っすぐに見据え、明瞭な言葉で言いきった。雲ひとつない真っ青な空のように、迷いはひとつもない。

「ちょっと結月、本当にそれでいいの!?」

梨々花が隣から結月の腕を掴んで揺らす。

「うん。久我山旅館の発展に繋がるのなら、私にはそれが一番うれしい」

久我山旅館を立ち上げた曾祖父母こそ会ったことはないが、祖父母にはとてもかわいがってもらった。成績が思うように伸びず、悔しさにひとりひっそり泣いていたら、祖父は真夜中まで勉強に付き合ってくれた。少しでも点数が上がれば、大好きな和菓子を買ってお祝いしてくれたものだ。

いつかは海外にも進出したいと遠い目をして語っていた祖父。プレジールと手を携えれば、その夢に少しでも近づくかもしれない。

「もう！　なんでそんなに我慢するのよ。結月は小さい頃からいっつもそうなんだから」

「我慢じゃないよ、お姉ちゃん。これは私の意思なの。だけど心配してくれてありがとう」

梨々花はいつだって結月を庇い、今のようになにかにつけて盾になってくれた。結月がはっきりと言えない部分を補ってくれたのは梨々花だった。

この結婚を受け入れたのには、結月によくしてくれた人たちみんなへの感謝の気持ちも込めている。今度は結月がみんなにお返しをする番だ。

「結月、本当にそれでいいのね？」

「はい。お話、進めてください」

結月は、念押しする恵子に強く頷いた。


矢神家との対面は、思いのほか早くやって来た。

結月が剛から結婚を打診されてから、わずか一週間後の土曜日。結月は両親とともに久我山旅館目黒亭《めぐろてい》へ足を運んだ。

そこは都心にありながら緑豊かで広大な庭を備え、建物は贅を尽くした数奇屋造り。玄関、本館、渡り廊下は国の有形文化財に指定されている。数ある久我山旅館の中でも品格は秀でており、剛自慢の旅館である。

そこでの初顔合わせを矢神家に提案したのは剛だった。おそらく久我山旅館の威光を見せつけるためだろう。決して矢神家に劣っていないと。格下ではないのだと。

結月は両親に伴われ、長い渡り廊下を歩いた。左手には回遊式の日本庭園が広がり、早春を告げるハクモクレンや杏梅の花が散り、現在は枝垂れ桜が緑の風景に色を添えている。四季折々の顔を見せる目黒亭の庭の中でも、結月は春の風景が一番好きだ。薄紅色や白色など、優しい色合いにホッとさせられる。

衣擦れの音をさせながら歩く今日の結月は、恵子と揃って初顔合わせにふさわしい着物姿。白地にくっきりと束ね熨斗文を表した華麗な振袖だ。金駒刺繍が施され、宝づくしや鳳凰が描かれておりとても美しい。

今では久我山旅館の本社に勤める結月も、新入社員の頃にはこの目黒亭で仲居として働いていた。就職せずに花嫁修業をしたほうがいいのではないかと剛に言われたが、せめて結婚するまではとお願いしたのだ。

奥座敷の障子を開け、まだ誰もいない三十畳の大広間に足を踏み入れる。真正面にある床の間には有名な書道家の書が提げられ、凛とした空気に包まれていた。

恵子を挟む格好で三人並び手前側に座る。まだ相手は到着していないが、初顔合わせを前にして緊張せずにはいられない。

「いったいいつまで待たせる気なんだ」

ものの数分としないうちに剛は苛立ちを見せはじめた。

腕を組み、ふんっと鼻から息を吐く。

「剛さん、まだ五分と経っていませんよ」

すかさず恵子がおっとりと諭す。そもそもまだ約束の時間前だ。

「お父様、落ち着いて」

「父さんは落ち着いているさ。ああ、十分に落ち着いているとも」

そう言う割にはそわそわと体を動かし、後ろをチラチラと振り返っている。ライバルとの対面にナーバスになっているのが手に取るようにわかった。

結月自身も、いよいよ忍との対面だと考えると、剛ほどでなくても落ち着かない。

忍とはじめて会ったのは一年ほど前だったか。とあるパーティーで、図らずも結月は彼に助けられた。

そのときはその恩人が矢神忍だと気づかなかったが、あとから聞き驚かされたものだ。というのも、彼が剛に聞かされていたような冷酷な人間ではなかったから。

その後も何度か顔を合わせる機会があったが、やはり冷たい印象は抱かなかった。剛がオーバーに言っているだけなのか。それとも表向きの顔に過ぎず、本性は違うのか。

いずれにしても結月が結婚を決意した以上、なにがあっても彼からは逃げない。——久我山旅館の未来のために。

「いやはや、お待たせいたしました」

よく通る低音の声とともに広縁に続く障子が開けられたのは、それから間もなくだった。

緊張して目線を下げたままでいる結月の脇を矢神家一行が通っていく。忍は結月の前に腰を下ろした。

「あんまり遅いから土壇場で逃げたんじゃないかと思ったよ」

「そんなわけがないじゃないか。こちらとしてもぜひにと願って実現した話だ。それにまだ約束の時間を五分も過ぎていない」

和彦は袖を捲って腕時計を見た。遅いというほどではないと言いたいのだろう。

彼の言い分は間違っていないため、結月も軽く頷いた。

「大事な席に遅刻することが問題なんだ。そもそも矢神は大学時代からそうだったじゃないか。ゼミの合宿も――」

「剛さん、今日は昔話をするためにここへ来たわけじゃないでしょう」

恵子に再び諭され、剛はようやく口を噤んだ。目を白黒させてなにか言いたそうにモゴモゴさせたが、なんとか呑み込んだようだ。

「恵子さん、結月さん、お見苦しいところをお見せして申し訳ありません。なにしろ長年のライバルですので、顔を合わせればつい言い争いのようになってしまいましてね」

和彦が苦笑いを浮かべて結月たちを見る。どちらかというと、剛の方が一方的に敵視しているように見えるのは気のせいだろうか。和彦はどっしりと構え、余裕のある感じに見受けられる。

白髪が混じるグレーヘアをオールバックにしたワイルドな見た目だが、大きな目とぽってりとした涙袋が穏やかな印象を与える。細身だが、ダンディでとても素敵だ。

「いえ、私どもこそ、いらっしゃってすぐに挨拶もなしに申し訳ございません」

恵子に合わせて結月も頭を下げた。

和彦の隣に座る妻の久美《くみ》は、切れ長の目をした知的な美人。恵子や結月同様に着物を着て優しげな笑みを浮かべ、楚々としたオーラを放っている。

「改めまして、この度は矢神家との縁談を進めてくださるとのこと恐悦至極にございます」

「こちらこそありがたく存じます」

態度を改めた剛が、和彦の挨拶にしっかりと返す。

「これからは我がプレジールと久我山旅館が手に手を取り合い、日本のホテル業界を盛り立てて参りましょう」

静かな語り口調の中にも強い意志を感じさせた。

両社を盛り立てるための接続口の役割を担うのが自分なのだと思うと、気持ちが引き締まり背筋がさらにぴんと伸びる。

「望むところです」

剛がそう言ったところで障子が開き、お茶が運ばれてくる。料理をはじめてもいいかどうかの確認をし、女将はすぐに去った。

「当事者同士の挨拶もせねばならんだろう」

和彦に促されるようにして忍が居住まいを正す。

「忍です。この度はこのような機会を設けていただきまして誠にありがとうございます。結月さんとお会いできて光栄です」

さらりとした黒髪が額で揺れ、静かな眼差しが剛、恵子と順番に向けられた後、結月に注がれる。端整な顔立ちにドキッとせずにはいられない。

こうして見ると、忍は母親似だろう。切れ長の目がそっくりだ。父親の和彦同様に堂々とした中にも凛とした空気感を漂わせている。次期社長のオーラはすでにそこに健在だ。

次は自分の番だと、結月も口を開いた。

「結月です。……どうぞよろしくお願いいたします」

なにか気の利いたひと言をと思ったが、緊張してなにも思い浮かばない。

「結月さんとは何度かお会いしているんです。ね？」

いきなり忍に話しかけられ、「は、はいっ」と上ずった声で返す。

もちろん示し合わせて会ったのではなく、偶然ではあるが。

「あら、そうだったの？　結月ったらなにも言わないんだから」

「ごめんなさい」

でも言えるはずもないだろう。父親が敵対視している矢神家の人間に会ったなどと言えば、剛が大騒ぎするのは目に見えている。なにかヘンな真似はされなかったか⁉　と余計な勘繰りをされたに違いない。

「それにしましても、とってもかわいらしいお嬢さんですわね」

久美の視線が不意に注がれ、結月は恐縮するばかり。今日は晴れの日のため、着物はもちろんヘアメイクもばっちり。それでなんとか誤魔化せているのだろう。

必死に首を横に振りつつ、正面から送られる忍の視線に耐えきれずに目を逸らす。敵意こそ感じないが、美しい顔立ちに見つめられるのには慣れていない。

性格はまだよく知らないが、プレジールの御曹司でこの容姿なら、なにも久我山旅館との婚姻関係を選ばなくてもよかったのにと思ってしまう。プレジールにとって、もっと有益な企業があったのではないか。

剛もそう考えたから、急いで話を進めたのだろう。プレジールがほかと手を組むのを阻止するために。

となるとやはり、自分にはこの結婚しかないのだと改めて認識させられた。

その後つつがなく顔合わせは進行。剛自慢の懐石料理に舌鼓をうち、「若い人同士で少しお話でも」とよくあるパターンに流れた。会食中は剛と和彦の昔話ならぬ激しい舌合戦の様相を呈したため忍との会話はままならず、久美が気を利かせる形で結月は忍と庭園に出た。

玉砂利の上に等間隔に置かれた飛び石を踏みしめ、忍の後を追う。

上質な仕立てのネイビーのスーツがスラッとした体躯の長身によく合い、太陽光と相まって眩しい。男性に対しておかしいかもしれないが、とても美しい人だと結月はつい見惚れてしまう。

「素晴らしい庭だね」

不意に足を止めた忍は、仰ぎ見るようにして言葉を発した。

「は、はい。ありがとうございます。私も大好きです」

ここの庭は見ていると心が鎮まり、浄化されるような気になる。都会にありながら清涼な空気を感じ、仲居として働いていた頃、退勤後にこっそり庭園を眺めて疲れを癒したものだ。

春には椿や枝垂れ桜、夏には池に浮かぶ睡蓮、秋には紅葉、冬には南天と四季折々の景色を楽しめ、目の保養になる。

庭を見渡しながらそのときのことを思い返していたら、ふと真横から視線を感じた。忍が結月を見ていたのだ。

（ボーッとしてたからヘンな子だって思われたかもしれない）

急いで取り澄まして唇を引き結ぶ。

「いきなり結婚になってキミも戸惑っただろう」

冷酷とは程遠い穏やかな表情で忍が問いかける。それは仮面なのか素顔なのか。

プレジールに有益な相手を懐柔するのは得意だと聞くから、結月に対しても同じなのかもしれない。つまり仮の顔だ。

過去に何度か会ったときに冷たさを感じなかったのも、もしかしたら当時から久我山との提携を頭に描いていたからなのではないか。

「そう、ですね。でも、いつかはこうなると思っていましたので」

それが矢神の人間だとは考えもしなかったが。

「こうなるとは？」

「久我山旅館のために結婚することです」

「旅館のために、か」

忍の顔が一瞬だけ曇ったように見えた。

もっと違う言い方をしたほうがよかっただろうか。

でも取り繕ったところで事実は変えようもない。結月が忍と結婚するのは、久我山旅館の未来のためにほかならないのだから。

「そういえば、最初から結婚ありきで話が進んだからプロポーズもしてないね」

「そんなお気遣いは……」

不要だと首を横に振る。忍の言う通り、ふたりの結婚はすでに決定事項だ。プロポーズは必要ない。

ところが忍はそんな遠慮も耳に入らない様子で、結月に真向かった。

(今さらいいのにな……)

そう思いつつもどぎまぎする結月を尻目に、忍が真っすぐに見つめる。

「結月さん、俺と結婚しよう」

美しいメロディでも口ずさんだような心地のいい声色。冷酷要素など微塵も感じられない、真摯で優しいプロポーズだった。

心からの言葉でないとわかっているのに、鼓動が大きく跳ねて暴れる。そこに愛情が伴っていないとはいえ、容姿端麗な男に言われれば無理もないだろう。恋愛すら経験のない結月には、刺激が強すぎる。

「……あの、は、はい、よろしくお願いします」

そう言うので精いっぱい。これほど速く心音がリズムを刻むのははじめてかもしれない。

「それからこれ」

忍は突然、ポケットから小さなケースを取り出した。

(――もしかして)

彼がふたを開けると同時に、太陽の光が指輪に乱反射してキラキラ光る。

婚約指輪だろう。ウェーブがかったリングの中央には、ブリリアントカットされた大きなダイヤモンドが輝いている。

まさか今日そんなものが用意されているとは思いもせず、優美なリングにうっとりしてしまう。

「手、出してみて」

言われるままに出した左手を忍が取り、薬指にそっと指輪を滑らせる。はじめて手が触れ合い、指先から全身に緊張が走った。心臓がいきなり手に移動したような感覚だ。

「……ぴったり」

サイズを伝えたわけでもないのに不思議なほどフィットしたリングをまじまじと見つめる。

「素敵な指輪ですね。ありがとうございます」

忍はかすかに笑みを浮かべるだけ。プロポーズ同様、婚約指輪を贈るのも結婚に向けた形式的な儀式のひとつなのだろう。

その後は庭園に咲く花の名前など他愛のない話をしつつ園内をめぐり、ふたりは両親たちが待つ部屋へ戻った。ものの十分だろうか。ゆっくり話すというよりは、プロポーズと指輪を渡すだけのために設けた時間といってもいい。

「あら、もういいの？」

ふたりを見て驚く久美に忍が返す。

「ええ。結月さんとは、また今度ゆっくり時間をとらせていただきます」

また今度とはいつだろうとぼんやり考えながら、結月もそれに合わせて頷いた。

剛と和彦はともかく、恵子と久美は話に花を咲かせており、和やかなムードだ。両家の仲を不安視していたが、心配するほど険悪ではなく、ひとまずホッと胸を撫で下ろす。

顔合わせがお開きとなり、旅館の出入口で挨拶を済ませると、そこにある人物が現れた。

「結月、もう終わったのか？」

軽く手を上げてから、矢神家に一礼する。母方の従兄、上条《かみじょう》京也《きょうや》だった。

癖のある栗色の髪に穏やかな目もとの甘いマスクをした京也は、結月より三つ年上の二十九歳。結月同様に久我山旅館の本社に勤めている。

引き上げていく矢神家一行の背中を目の端に捕らえながら、結月は京也に焦点を合わせた。

「うん、今終わったところ」

小さな頃からそばにいることがあたり前だったため、京也は結月にとって兄のような存在である。緊張から解き放たれ、見知った顔を見て頬が緩む。

「こんなところまでどうしたの？」

結月に近づいた京也に笑いかける。

「初顔合わせだって言ってたから、どうだったかと思ってね」

「心配してくれたの？」

「なにか失敗をしでかさないかと」

「もうっ、京也さんってば失礼なんだから。しっかりやりました。ね？　お母様」

そばにいた恵子に同意を求めると、彼女は「ええ、結月はそうね」と言ってから隣の剛を横目で見る。

「足を引っ張っていたのは剛さんのほうかしら」

「なっ、足を引っ張るとは失敬な」

「あら、だっていつまでも子ども同士の喧嘩みたいで」

「それはだな」

懸命に反論する剛を囲んで笑いに包まれる。納得がいかない様子の剛が身振り手振りで恵子に言い訳をしていると、京也が結月の着物の袖を引っ張った。

「結月、ちょっといいか？」

両親から引き離す密やかな様子に、小首を傾げてついていく。

「京也さん？　どうしたの？」

少し離れた場所まで来ると、それまでにこやかだった京也はどことなく真剣な顔だ。

「本気で矢神忍と結婚するのか？」

「急にどうして？」

結婚を決意したときに京也にも話をしたはずなのに、今さらどうしたというのか。

「会社のためだけに結月と結婚するような男だぞ？」

「それを言うなら私もでしょう？」

クスクス笑いながら返す。そのあたりはお互い様だ。

「それはそうだけど、前にうちとの土地の奪い合いで卑怯な手を使ってきたじゃないか」

京也が言っているのは、三年前に開発物件でひと悶着があったときのことである。久我山旅館が開発を手がけようとしていたホテル用地をプレジールに持っていかれたのだ。

忍は、その土地を譲り受ける代わりに、所有者が扱いに困っている遊休の土地まで好条件で一緒に引き受けると提案。狙っていた土地を久我山旅館より早く手に入れることに成功した。

そのときに開発を担当していた京也は苦い思いをさせられたため、忍に対して余計にいい印象を持っていないのだろう。

「だけど法的には問題はなかったでしょう？」

久我山旅館が一歩及ばなかっただけ。卑怯な手というのは言いすぎではないか。

「それに、プレジールは所有者が持て余していた土地に公園を造って街に寄贈したり、高齢者向けの施設を建設したりして自治体に貢献してたじゃない？」

土地の確保とともに世間のプレジールに対する評価を上げることにも繋げるあたりは、さすがと言わざるを得ない。副社長でありながら開発の責任者として辣腕をふるっているという噂に違わない人物だ。

「……結月は早速アイツの肩を持つのか」

京也が不満そうに眉を上げ下げする。機嫌を損ねてしまったようだ。

「肩を持つとか持たないじゃなくて、冷静な目で見てすごいなって」

「策略的なところが気に入らないって言ってるんだよ。結月との結婚だってそうだろう？　そんな男と結婚して、結月は本当に幸せになれるのか？」

「幸せになれるのか？　じゃなくて、幸せになるの」

幸せになれるかどうかを自分から疑いたくないし、幸せをほかの誰かに託すつもりもない。愛がないのなら育てればいい。これから何十年も一緒に過ごすのだから、少しずつ歩み寄って、お互いに気持ちを育んでいけばいいのだ。

「はぁ……。結月はヘンなところで楽天的だからな」

「ヘンなところなんてひどい」

腰に手をあてて大きなため息をついた京也に不服を申し立てる。

「褒めてるんだよ」

「褒められてる気がしないんだけど」

「気にするな。さて、帰るか」

結月の額を指先でツンと弾き、京也が剛と恵子のほうへ足を向ける。

そんなふたりの様子を遠くから険しい表情で見つめる忍に、そのとき結月はまったく気づかなかった。

不意打ちのキスの誘惑

三日後、新聞各紙は久我山旅館とプレジールの業務提携が合意に至ったと大々的に報じた。

〝流入する外資系ホテルへの対抗策となるか!?〟などという文字が踊り、二社にかかる期待の大きさを感じずにはいられない。

その紙面では忍と結月の結婚についても触れており、両社の結束を強める狙いがあると書かれていた。

業務提携も結婚も、久我山旅館の社内で事前に知らされていたのは上層部だけ。一般社員には公にされていなかったため、その報道がされた朝の本社は騒然としていた。

「結月さん！　結月さん！」

所属している事業統括部へ結月が足を一歩踏み入れた瞬間、牧野百々《まきのもも》が人の目も憚らず大慌てで近づいてくる。猫のように大きな目をさらに見開き、ポンポンと弾む体はゴムボールのよう。最後の一歩でトンと足を揃え、結月の前に立ち止まった。

彼女は結月よりふたつ年下の二十四歳。入社後に旅館勤務を経て事業統括部に配属され、結月が教育係として受け持っている後輩である。人懐こいタイプの彼女は結月を慕い、なにかにつけてくっついてくる。

社長令嬢の結月に対して遠慮がちに接する社員が多い中、彼女の態度はごく自然。ほかの社員と同等に接してもらえるのは結月にとってもありがたい。

「百々ちゃん、おはよう」

「おはようございます。……って、そうじゃないんですってば」

おっとりと微笑む結月にならって挨拶を返した百々だったが、すぐに我に返って言いなおす。

「結婚ですよ、結婚！　朝、新聞を読んでる父から聞いてびっくりしたんですから！」

今にも食いついてきそうな勢いだ。結月の腕を掴んで、体をゆっさゆっさと揺らす。おかげで足がぐらついた。

「驚かせてごめんね」

「そんな話、全然していませんでしたよね？」

自分のデスクに向かう結月を百々が追いかけながら問う。未だに目は真ん丸だ。

「結婚の話が持ち上がったのが十日前だから」

「十日前!?　話が持ち上がって、たったの十日で結婚しちゃったんですか？」

「そうなるのかな」

正確にいえば入籍はまだ。じつは今日仕事を少し早く上がり、忍とふたりで区役所に婚姻届を提出する予定になっている。

今日は一粒万倍日と大安が重なる佳き日らしく、父からその日に入籍せずしていつするのかと鼻息荒くまくし立てられたのだ。新聞各紙での掲載を今日にしたのもそのためである。

この結婚にかける剛の意気込みは、その様子からもよくわかる。なんとしても滞りなく結婚させ、久我山旅館の未来を輝かしいものにするのだと。

「人ごとみたいに言わないでくださいよー。結月さん自身の結婚なんですからっ」

「そうよね。ごめんね」

じつに百々の言う通りである。

「しかも相手は、冷酷な男で有名なプレジールの御曹司だって言うじゃないですか。いったいなにがどうなってそうなったんですか？　イケメンとはいえ長年のライバルですよね？　いつからそんな話が持ち上がってたんですか？」

父親からニュースを聞いたときの興奮のままといった様子で、百々が息を巻く。次々と質問をぶつけられ、結月もタジタジだ。

「ああっ、エンゲージリングまでしてるじゃないですか！　うわぁ、すっごく綺麗」

なんて観察眼なのか。百々は結月の左手を取り、指輪を自分の顔の前まで持っていく。そこには、まだ着け慣れないリングが煌めいていた。

恥ずかしくて、慌てて手を引っ込める。

「百々ちゃん、その話はまたあとでもいいかな」

百々の声はよく通るため、事業統括部の視線という視線が結月に注がれている。注目の的になっているのだ。

それでなくとも今朝のニュースのせいでざわついた部署内。みんな興味津々に結月と百々のやり取りを見ているため、居心地がとても悪い。

百々もその状況をすぐに理解したようだ。

「わかりました。それじゃ、あとでじっくり聞かせてくださいね」

少し残念そうではあったが、百々は結月に念を押してから自分のデスクに戻っていった。


午後四時。結月はいつもより早く仕事を上がり、本社が入居するビルのエントランスを出た場所で忍の迎えを待っていた。

今日のお昼は結婚について百々から根掘り葉掘り聞かれたものの、現時点では彼女に話せるほどの情報がない。忍のこともよく知らず、結婚はまだ他人事のような感覚なのだ。実感がまったくない。

恋焦がれて結婚するわけでないため、婚姻届の提出はてっきりべつの人間に託すのかと思いきや、忍はふたりで区役所へ提出しようと言う。プロポーズといい婚約指輪といい、律儀な性格なのかもしれない。

その婚姻届は昨夜、忍が久我山家を訪れ、結月のサインと証人欄に剛のサインをもらって完成させたものだ。

（私、これから本当に結婚するんだよね。なんだかまだ信じられない）

左手に輝く指輪を見ていたら、つい先ほどまで他人事だったくせに急にその重みを感じて落ち着かなくなる。たかだか数グラムだろうに、いきなり左手がずっしりと重く感じた。

なにしろ久我山旅館の未来が、この指輪にかかっている。責任重大だ。

そうして待つこと十分。結月の前に白いセダンが停車した。磨き上げられたそれは、父の剛が乗っているのと同じ高級車のニューモデルだ。

（矢神さんかな……）

足を出そうかどうか迷っていると、運転席から忍が降り立った。軽く手を上げ、結月に微笑む。

不意打ちでキラースマイルを向けられたため、鼓動が妙なリズムを繰り出した。

結月が一歩踏み出すうちに、彼は颯爽と助手席側に回ってドアを開ける。どうぞといった様子で手をひらりと返した。

まるで王子様が舞踏会でダンスを申し込むときの仕草のよう。それが嫌味でないのは、彼の放つ優雅な雰囲気のせいに違いない。

「こんにちは」

いそいそと彼のもとに向かい、両手でバッグを握りしめて頭を下げる。

ふたりきりで会うのが緊張するのは、まだ彼をよく知らないせいだろう。父親から忍は冷酷な男だと長年に亘り呪文のように言われてきたため、どうしても警戒してしまう。

「待たせたね」

「いえ、それほど……。綺麗だなって指輪を眺めていたら、あっという間でした」

まずはふたりの間に流れるぎこちない空気を払拭したくて、なんとか笑顔で共通の話題を盛り込む。ほかにも探したが見つからず、開きかけた唇を閉じた。

忍がふっと口元を綻ばせる。なにか気の利いた会話はほかにないのか、という冷笑だったらどうしようかと気が気でなかった。

結婚が、こんなにも呆気なくできるものだとは知らなかった。

区役所に到着し、ふたりは窓口で婚姻届を提出。しばらく待たされたのちに職員から受理されたとの報告があり、「おめでとうございます」と形式的な祝福を受けた。

正真正銘、紙切れ一枚。たったそれだけで、いきなり夫婦だという。

結婚の話が出てから入籍までがスピーディーなうえトントン拍子で、肩透かしを食らったよう。あっさり夫婦になってしまい実感が湧かない。昨日の自分となにが違うのかといったら、名字が変わったくらいだ。

でもこれが政略結婚というものなのだろう。肝心なのはお互いの気持ちではなく、家同士、会社同士の繋がり。手で簡単に破けるたった一枚の用紙が、心の絆よりも強固なものになる。

でも結月はそれを受け入れたのだから、実感が湧かないなどと感傷に浸っている場合ではない。愛情がゼロなら増やしていくだけ。まっさらの状態から色づけしていけばいい。ふたりの距離を少しでも縮める努力をしていこう。

結月がひそかに決意しているうちに、車が自宅の前に到着した。

忍はまだ仕事が残っているらしく、このあと会社に戻るという。

「一緒に食事でもできればよかったな」

「お気になさらないでください。私なら平気です」

忍に負担をかけたくない一心でオーバーに遠慮する。愛情のない妻に気をつかうのは大変だろう。ただでさえ、仕事で多大な責任を負っている忍の重荷になりたくない。

「……平気か」

忍がボソッと放った言葉が聞き取りづらく「はい？」と聞き返す。

「俺は残念だけどね」

ドキッとさせるひと言だった。まるで結月ともっと一緒にいたいみたいだ。

（まさかね。ちょっとした社交辞令的な発言よね、きっと）

言葉の意味を計りかねて鼓動だけが先走りする。

あたふたする結月に意味深な笑顔を残し、忍が運転席から降り立つ。そつのない身のこなしで助手席側に回りドアを開けた。差し伸べられた手に自分の手を重ねると同時に強く引き上げられ、車から降りる。

「あ、りがとう……ございます」

彼にとってなんのことはない動作だろうが、恋愛経験のない結月には慣れないスキンシップ。異性の手に触れただけで心が波立ち騒ぐのも仕方がない。京也が相手なら平気なのは、子どもの頃から一緒にいて兄のような存在だからだろう。

忍は結月を降ろしたあと、後部座席のドアを開けて黒い紙袋を取り出した。

「これをキミに。気に入ってもらえるといいんだけど」

「……はい？」

先日もらったばかりの婚約指輪と同じブランド名が紙袋に印字されている。

「プレゼントだ」

「えっ、ですが」

「受け取ってもらわないと俺も困る」

誕生日でもなければクリスマスでもない。

（ついこの前、婚約指輪をもらったばかりなのに、またプレゼントなんて……）

ジュエリーブランドのロゴから察するにアクセサリーだろう。当然高価なものになる。

どうしたらいいのかとあたふたする結月の手を取り、忍が紙袋を強引に握らせる。そして、その手をぐっと引き寄せ、結月の腰を抱いた。

眉目秀麗な顔が近づいた次の瞬間、あっと思う間もなく唇が重なる。

それは不意打ちの口づけだった――。


「結月様、どうかされましたか!?」

まるで魂でも抜けたように玄関に入ると、パタパタとスリッパの音を響かせてやって来た家政婦の恭子《きょうこ》が心配そうに結月の顔を覗き込む。

丸顔でふくよかな恭子は、母の恵子よりも十歳年上の六十五歳。結月が生まれたときから久我山家におり、とてもおおらかで、その存在だけで癒されるようなキャラクターだ。

「恭子さん、ううん、なんでもないの。大丈夫」

手をヒラヒラ振るが、動揺を打ち消すには不十分。

「どこかお加減でも悪いのではないですか？」

恭子は結月の額に触れ、ハッとしたような表情をした。

「あらっ？　お熱があるのでは!?」

「ち、違うの、本当に大丈夫だから」

なにしろ結月にとってのファーストキス。顔が火照っているだけだ。

「矢神様とご一緒だったのでは？　お帰りになられたのですか？」

うんと頷くだけで精一杯。おぼつかない足取りで階段を上がっていく。

「お食事のご用意ができたらお呼びいたしますね」

恭子の声を背中で聞きながら自室に入る。パタンとドアを閉じたら、そのままそこに膝から崩れ落ちた。

「キス、しちゃった……」

ひとり言が震える。指先でおそるおそる唇に触れたが、忍とキスしたときの感触とは全然違う。もっとやわらかくてあたたかかった。

彼が浮かべたかすかな笑みと、触れ合った唇の感覚が蘇って鼓動はさらに速くなる。

とても優しいキスだった。思い出すだけで頬が熱くなり心が震えるのは、結月にとってはじめてのキスだったからだ。

『妻にキスをするのは夫の特権だ』

忍の言葉が何度も頭の中を駆け巡る。

〝特権〟といったら、ほかとは優越した特別な権利。結月とのキスが彼にとっての特権だというのなら……。

(少しは好意を持ってくれているってこと？　……まさかね。だって、この結婚は政略的なものなんだもの。矢神さんも仕方なくなんだから)

一瞬だけ楽観的に考えたが、すぐに思いなおす。

彼は一つひとつの段階をきちんと踏む律儀なタイプなのだ。入籍したから、次はキスをしただけ。そこに気持ちも意味もない。

ふと手にしていた紙袋に目を落とす。中に入っていたのはピンク色のリボンが巻かれた細長いケースだった。

「なにをくれたんだろう」

指輪をもらったばかり。続けざまにアクセサリーをもらうとは思いもせず、ワクワクするよりは申し訳ない気持ちでリボンを解きケースを開ける。

「わぁ……！」

思わず声が出た。

それはオープンハートに小ぶりのダイヤモンドがあしらわれたネックレスだった。アシンメトリーなハートは優しい印象で、とてもかわいらしいデザインだ。

じつは結月はハートのモチーフが大好きで、小物や身に着けるものにもそういったものが多い。おかげで自室はハートのファブリックや置き物だらけ。姉の梨々花には少女趣味すぎると言われている。

「とっても素敵」

ハートマークがゆらゆら揺れてキュートな首元を演出してくれそうだ。

すぐにでも忍にお礼をと、バッグからスマートフォンを取り出す。しかしこれから仕事だと言っていた彼に電話をかけるのは迷惑だろう。メッセージアプリを開き、彼とのトークルームを作成する。

【ネックレス、ありがとうございました。大切にします】

それだけ入力して送信。

結月を手懐けるためのプレゼントだとわかっているが、なんとなく心が華やぐ入籍初夜だった。

夫婦化プロジェクト

入籍したものの新居の準備は整っておらず、ふたりはまだそれぞれの実家で暮らしている。大企業のトップ同士という家柄のため、式と披露宴は入念な計画が必要だと半年後に執り行うことになった。

ふたりが暮らす予定の新居は事前に忍が準備しており、入籍後はじめての週末、結月は彼の案内でマンションへやって来た。

広壮な私邸が建ち並び、主要各国の大使館や名だたる古刹が点在する高台に位置し、周辺には緑豊かな公園まで有する閑静な住環境。ふたりの新居は、そこに静かに佇む五階建ての低層マンションである。

シックなエントランスは華美な装飾がないからこそ品があり、落ち着いた風情に安心感がある。吹き抜けから陽光が差し込んで明るく、清々しい空間だ。

コンシェルジュが常駐しているのはもちろん、セキュリティも万全。快適な生活を送れるだろう。

エレベーターに乗り五階を目指す。ふたりの間に舞い降りる沈黙にまだ慣れず、早く到着しないかと願う。

　不意に彼が結月を見たため、緊張が走った。先日のキスのこともあり、つい身構えて体が硬直する。彼と距離を取ろうと足が出そうになったが、失礼だろうとかろうじて堪える。

「よく似合ってるね」

　一瞬なんのことかと思ったが、結月の首元に向かう忍の目線で気づいた。

「あっ……これ、ありがとうございました」

　反射的にハートのネックレスに触れ、手持ち無沙汰に指で弄ぶ。早速着けてきたのだ。

「指輪もいただいたばかりなのにすみません」

「謝る必要はないだろう？　キミは俺の妻なんだから」

「……はい、ありがとうございます」

　彼はある種のゲーム感覚でいるのではないだろうか。

　夫婦というゴールを目指し、あらゆる手段を講じる遂行者。仕事になぞらえて〝夫婦化プロジェクト〟とでも言おうか。

　噂に聞く冷酷さを感じられないのも、そのためだろう。

　いわばふたりはタスクフォース。同じ課題に取り組む特別チームなのだ。

　そのプロジェクトの成功が、久我山旅館とプレジールの未来に繋がる。

　となると結月も彼に協力しなければならない。なにしろふたりは、形式上とはいえ夫婦なのだから。

何度目かの決意を胸に、結月はひとり力強く頷いた。

案内されたのは広いテラス付きの豪華な４ＬＤＫだった。玄関からリビングまで白系大理石の床で統一され、オフホワイトの壁との相乗効果でとても明るい。大きな窓からふんだんに光が差し込み、開放感が抜群だ。

白の同系色で揃えられたソファやテーブルを有するリビングと、ダークブラウンを差し色に使ったダイニングはメリハリがありセンスの良さをうかがわせる。

「キミになんの相談もなく、うちのインテリアコーディネーターに頼んで家具類を配置したけど、気に入らなかったら変えてもいい。なんなら今から呼ぼう」

忍がポケットからスマートフォンを取り出したため、急いで引き留める。

「気に入らないなんて全然！　とても素敵です」

プロに作ってもらったものに文句はない。プレジールのコーディネーターのセンスは、業界でも高い評価で有名だ。もちろん久我山旅館にも、その方面に長けた人材はいるけれど。

「とっても素敵なので、ちょっと写真を撮ってもいいですか？」

どんなところに住むのか気にしていた母や姉にも見せたいと思ったのだ。

「もちろん。好きなだけ撮ったらいい」

弾んだ気分でバッグの中を漁る。ところが、なぜかスマートフォンが見当たらない。

（もしかしたら自宅に置きっぱなし？　そういえば、今日は忍さんと会ってから使ってないよね）

それどころか、朝から触った記憶がない。最後に使ったのはいつだろう。もしかしたら会社に置き忘れたのかもしれない。どうにも曖昧だ。

「どうかした？」

あたふたしている結月に気づき、忍が手元を覗き込む。

「スマホがなくて……」

普段手元にあるものがない不安に駆られる。

「自宅じゃないのか？」

「そうかもしれないのですが……。すみません、忍さんのスマホで探していただけませんか？」

自宅にあるような気もするが、はっきりさせないと心許ない。

「俺のスマホで？　電話をかけてみるってこと？」

「スマホの位置を探せるアプリに登録してあって」

以前、スマートフォンを失くしたことがあり、それ以来なにかあったときのために登録してあるのだ。どこかに置き忘れたときにも探せるため重宝している。

忍は自分のスマートフォンを手にしたまま、結月を連れ立ってソファに座った。

「どうやればいい？」

結月と一緒にスマートフォンの画面を覗き込む。

そのアプリは、登録しておくとウェブサイトから位置情報をリアルタイムで特定することができる優れもの。忍のスマートフォンでそのサイトを開いてもらい、ＩＤとパスワードを諳んじる。

登録してある結月の電話番号を入力すると画面上に地図が表示され、それが見る見るうちにズームされていく。いっぱいまで拡大された画面には……。

「すみません、やっぱり自宅に忘れてきたみたいです」

結月の家がマークされていた。

「紛失じゃなくてよかったな。写真は俺が撮って送っておくから」

「ありがとうございます」

ホッと胸を撫で下ろし、忍に頭を下げる。

「ですが、いつの間に家具まで準備したんですか？」

マンションを探すところからスタートしたとしても、そこそこ時間はかかるだろう。そのうえ部屋のコーディネートまで完了させたとなると、相当前から準備が必要なのではないか。

結月が今回の結婚を知らされたのは、たかだか二週間前。初顔合わせからは、たったの一週間だ。

「キミとの結婚を心に決めたときから」

忍が優しく微笑む。

冷たい男だと言われているのが嘘のよう。それが夫婦になりきるための仮面だとしたら、忍は相当な演技派だ。

「矢神さんは、いつから久我山旅館と手を組もうと考えていたんですか？」

結月の率直な質問に忍がふっと笑みをこぼす。

「結月、キミも矢神じゃなかった？」

そう言われて息を呑む。彼の言う通り、もう〝久我山結月〟ではなく〝矢神結月〟だ。

そのうえ普段、結月を〝キミ〟と呼ぶことの多い忍に不意打ちで呼び捨てにされ、ドクンと鼓動が弾んだ。

「そう、でした。まだ慣れなくて」

忍につられてふふっと笑ったら、忍はさらに頬を綻ばせた。

入籍して数日。式は挙げていないし、未だに別居状態なのも影響しているだろう。結婚した実感がない。

「名前で呼び合おうか」

夫にそう言われれば従わないわけにはいかない。

「はい。では……」

軽く息を吸い、呼ぶ準備を整える。お膳立てをされ、目の前でじっと待たれると緊張が増幅してかなわない。

「忍さん」

改めて呼ぶと、とてつもなく恥ずかしい。彼の顔を見られずに少し俯いた瞬間、忍は腰を屈めて結月にキスをした。

　突然の出来事に体がフリーズする。この前同様、軽く触れるだけのキスだった。

「よくできました」

　ポンと頭を撫でられ、同時に鼓動まで弾む。動揺して目を泳がせていたら、今度は手を取られた。

「揃えたのは家具や家電だけだから、これから買い出しに行こう」

「えっ」

「調理器具や食器もないし、布団もまだだ。ほら、行くぞ。ふたりの初デートだ」

　ポカンとする結月の手をぐっと引き寄せる。唐突な誘いに戸惑う隙もない。

「あの、まだお部屋を全部見てないのですがっ」

　見たのはリビングダイニングだけ。キッチンもベッドルームもバスルームも、まだ見ていない。

「あとでいくらでも見られる。なんなら今夜からここに寝泊まりすればいい」

「そ、それはまだ準備が」

　引っ張られるようにして外へ連れ出された。

　どことなく忍の頬が赤く見えたのは気のせいか。それを誤魔化そうとしていきなり買い物と言いだした気がしなくもない。

（でも、名前を呼ばれたくらいで忍さんが恥ずかしがるわけないよね）

　久我山旅館といつから手を組もうと考えていたのか、という結月の質問の答えももらえなかった。はぐらかされたのか、名前の呼び合いでコロッと忘れたのか。

どちらにしても、なんとなくうれしそうな様子の忍を見て、警戒していた分ホッとして肩から力が抜けた感じがした。

矢神家御用達だという寝具専門店でベッド周りのものを購入し、忍が配達の手配をしているうちになんとはなしに店内を歩く。

(あ、これ、かわいい)

結月が目を留めたのはハートの形をしたクッションだった。ビビッドな赤とピンクはいかにもハートそのもの。久我山の自分の部屋用だったら迷わず買うところだが、今後の生活を考えれば必要はない。

(残念だけど諦めよう)

一度手に取ったクッションを売場に戻したときだった。

「これも追加しよう」

忍は結月の隣から手を伸ばし、ピンクをふたつ、赤をふたつ抱えてレジに足を向けた。

「えっ、あのっ……忍さん!?」

「欲しいんだろう?　なかなかかわいいじゃないか」

肩越しに結月を振り返るが、彼が足を止める気配はない。

「でも、あの素敵なお部屋には合わないです」

忍を追いかけ引き留めにかかる。

落ち着いた雰囲気のリビングにハートのクッションは似合わない。姉の梨々花の言葉を借りれば少女趣味すぎてアンバランスだ。

「合わせてみないとわからないだろう？」

「でも……」

「キミにとって居心地のいい場所にしなければ意味がないんだ。ほら、行こう」

忍がわずかに口角を上げて目を細める。スマートに会計を済ませ、先ほど購入した商品と一緒に配達するよう店員にお願いしてしまった。

もしかしたら忍は、ふたりで暮らす部屋を自分の一存でコーディネートしたのを申し訳なく思っているのかもしれない。せめてもの償いで、結月が目に留めたクッションを取り入れようと思ったのではないか。部屋に似合わない、ちぐはぐなものだとしても。

「忍さん、私、あの部屋とっても素敵だと思ってますから。だから申し訳ないなんて思わないでください」

歩きだした彼の隣に並び力説する。横顔を必死に見つめたら、忍はどこか困ったようにふっと笑みを漏らした。

「そうじゃないよ」

「そうじゃ、ない？」

小首を傾げて聞き返したが、忍はそれ以上なにも言わず、気を取りなおしたように結月の手を取った。

「よし、次はキッチン用品だな。行こう、結月」

ギュッと握られた手を引っ張られる。

たかだか手を繋いでいるだけ。それなのにドキドキしてたまらない。

京也とも、こうして歩いたことはある。それなのに、そのときとは心臓の動きが明らかに違うのはなぜなのか。繋がれた手にだけ神経が集中して、周りがまったく見えない。そのせいでキッチン用品を扱う店に着いたのにも気づかなかった。

「結月？　気分でも悪い？」

忍にまで心配される始末だ。

「あっ、いえ、大丈夫です」

「疲れたなら少し休もうか。近くにおいしい紅茶を飲めるカフェがある」

「疲れてなんて全然」

必死に首を横に振って返す。そのカフェも気になるが、手を繋いでいるだけでドキドキしているなんて悟られたら恥ずかしい。純情すぎる反応は面倒に思われるだろう。

「あっ、これかわいいですね」

そんな自分を誤魔化そうと、すぐ目の前にあった茶碗を指差す。よく見もしなかったため、結月らしからぬ渋いテイストのものだった。高級そうな和柄だが、かわいいとは程遠い。

「そういったタイプも結月の好み？」

ハートのクッションとの違いに忍も不可解そうだ。

「あ、えっと……そうですね。でも、こっちもいいかな」

一段上の淡い色味の茶碗を慌てて差しなおす。有名な陶器ブランドだ。花を模したデザインが優しげで、急いでチョイスしたとはいえ、とても素敵である。

忍は結月のそんな様子を見てクスッと笑った。心の内を簡単に見透かされているようで決まりが悪いものの、気づかぬふりを決め込む。

「あの……忍さん、ちょっと手をいいですか？」

茶碗を手に取ろうとしたが、片手では心許ない。落としてしまったら大変だ。しかし、片方の手は忍にぎゅっと握られているため身動きが取れなかったのだ。

手が解放され、その場の成り行きで指を差した茶碗を取る。見た目よりどっしりとした重厚さが、これまたいい。

「それ、いいね」

「素敵ですよね」

薄いブルーとピンクをそれぞれ手に取り眺める。食卓に花を咲かせてくれそうな柄だ。

「これにしてもいいですか？」

夫婦茶碗といったら、新婚生活をはじめるうえで食器の要。あまりにもあっさり決めてしまった気はするが、ほかのものを見ても心を動かされない。

「俺もそれがいいと思うよ」

隣の彼を見上げたら目が合い、結月は弾かれたようにさっと目を逸らした。なんとなく気恥ずかしい。

「こっちもキミの好みなんじゃない？」

忍が後ろの棚を振り返る。そこには大きさも形も豊富で、カラーバリエーションに富んだマグカップが並んでいた。

その中で忍が指差したのは、クッション同様にハートを模したもの。ペアのマグカップは持ち手の部分を向かい合わせると、ちょうどハートの形になる。

「かわいいっ」

思わず黄色い声が出た。ハートの絵柄が描かれたカップは持っているが、ふたつを組み合わせてハートを形作るものは持っていない。ペアカップならではだ。

「だけど、忍さん、こういうのは嫌じゃないですか？」

いかにも乙女チック。男性向けでないのは確かだ。

「結月が喜んで使えるものが一番だよ」

忍はふわっとやわらかな笑みを浮かべた。

心臓をひと突きされた感覚に、返す言葉が出遅れる。

「ありがとう、ございます」

たどたどしい結月の頭をポンと撫で、「よし、じゃこれも買おう」と忍は手に取った。

その後、鍋やフライパン、包丁などのキッチン用品を選び、それらも配達の手配を済ませ、ひとまず生活するうえですぐに必要なものの準備は完了した。

両家の初顔合わせから忍と何度となく接して感じたのは、噂に聞いていたような冷酷な男ではないということ。はじめて会ったのは今から一年前だが、そのときからなんとなく抱いていた結月の感覚は正しいような気がしていた。

ただ、結月に対して優しく接するのは、気持ちの伴わない結婚を良くするためにほかならない。好意があるのではなく、結月の機嫌を損ねて久我山旅館との関係性が悪くなるのを避けるため。

でもそうして忍ががんばってくれているのだから、結月もそれに応えなければならない。なにせ、これは夫婦化プロジェクトなのだから。手に手を取り合って協力していく必要がある。

そして、その先にふたりが想い合う未来があったらいいのにと願わずにはいられなかった。

忍に自宅まで送り届けられた結月が玄関に入ると、気配に気づいた梨々花が「おかえり」と顔を出した。

昨夜遅くまで友達と飲んでいた梨々花は、結月が出かけるときはまだベッドの中だった。外はすっかり暮れたというのに、今起きてきたようなルームウェア姿だ。

両親は揃って出かけて、まだ帰っていないという。

「旦那様とディナーでもしてくるのかと思った」

ニマニマと屈託のない笑みを浮かべる。

「急に仕事が入ったの」

忍に食事にでも行こうと誘われたタイミングで、彼のスマートフォンに仕事絡みの電話が入り、急遽会社へ行かなければならなくなった。ただそれ以前に、両親からは新居での生活がはじまるまでは自宅で夕食を一緒にとろうとも言われている。残り少ない家族水入らずの時間を大切にしたいと。

「それは残念だったね。で、新居はどうだった？」

「すごく素敵だった」

まだ全室は見られていないが。

「写真とか撮ってない？」

「それが、スマホを家に置き忘れちゃって。でも、あとで忍さんが送ってくれるって言ってたから、届いたら見せるね」

「それは楽しみ。……あら？　それは？」

梨々花の目が結月の手元に留まる。バッグのほかに紙袋を持っていたためだ。

「あ、これは忍さんにいただいて」

前回に引き続き、今日もまたプレゼントをもらってしまった。

「プレゼント？　なにをもらったの？」

梨々花が興味津々に紙袋の中を覗き込む。

「紅茶みたい」

「よかったじゃない。結月、紅茶好きだもんね」

たまたま通りかかった紅茶専門店で買ったと言っていたが、結月はコーヒーよりも紅茶派なのでとてもうれしい。

「早速飲もうよ」

梨々花がダイニングのほうに結月の手を引く。

「恭子さーん、一緒に紅茶を飲みましょうよー」

梨々花の呼びかけに遠くのほうから恭子の「はいはい、今参ります」との返事が聞こえ、階段を下りてくるスリッパの音が響いた。

結月が自分で淹れようと思ったが、恭子が「私がやりますので、どうぞあちらでお待ちください」と言ってくれたため素直に従う。ダイニングテーブルで梨々花と向かい合って座った。

「で、どう？　噂の冷酷紳士は」

「お姉ちゃん、そんな言い方しないで。忍さん、冷酷じゃないから」

本来の姿はわからないが、少なくとも結月に対して冷たい態度はこれまで一度もない。

「そうなの？　だってお父さんの言い方は散々だったじゃない。世間でもそう噂されてるし」

「そうなのかもしれないけど、私にはそんなことはないから」

「早速のろけられちゃったなー」

梨々花は面白がるが、決してのろけたわけではない。事実を言ったまでだ。

忍が自分を抑えて結月に優しくしているのだとしたら申し訳ないが。

「まぁね、容姿は文句のつけどころがないし、次期社長にふさわしく辣腕をふるってるみたいだし、それだけでもいっか。ま、私は政略結婚なんてお断りだけど」

梨々花がアハハと高らかに笑う。

思っていることをなんでもストレートに言える梨々花は、子どもの頃から結月とは正反対。嫌なものは嫌だとはっきり伝えられる強さは、結月にはないものだ。

結月はどちらかといえば想いを呑み込む傾向がある。かといって我慢している自覚はない。思い通りの道に進めなくても、べつの道で楽しいことを見つければいいという楽観主義者とでもいうのか。

子どもの頃から政略結婚を覚悟していたとはいえ、そういった性質だから今回の結婚も素直に受け入れられたように自分でも思う。

自ら進んで忍に歩み寄れば、きっといい未来があるはずだ。

「だけど結月、もしもなにか辛いことがあったら、会社や家のことなんて考えずに帰ってきちゃっていいんだからね？　結月が我慢する必要はないの。嫌なものは嫌って言っていいんだから」

それまで茶化していた梨々花は、突然真顔になった。

「うん、わかった。お姉ちゃん、ありがとう」

なんだかんだ言って梨々花はいつも結月の味方でいてくれる。口では政略結婚なんてお断りと言い放ちつつ、心の中では妹に申し訳ないと思っているのは結月にもわかる。だからこの結婚話が持ち上がったときにも両親に猛烈に抗議してくれたのだ。

いい香りとともに恭子がキッチンから現れた。

「お待たせいたしました。こちらとっても人気のある高級茶葉ですよ」

「そうなの？」

恭子の言葉に梨々花と声を揃える。

「ええ。パリに本店を構えるロシアンティーのブランドなんです。日本ではなかなか手に入らないんじゃないかしら。ロシアで貴族にも飲まれていた高級品ですよ」

そんな紅茶をわざわざセレクトしてくれたのだと思うと、胸がほんわかとあたたかくなる。なにかのついでだったのだとしても、そこで結月の顔を思い浮かべてくれただけでうれしい。

やはり忍は冷たい人間ではないのだ。

「お紅茶と一緒にこちらもいかがですか？」

恭子がテーブルに器をふたつ並べる。

「わぁ、光風堂《こうふうどう》の占いしるこ！　恭子さん、買ってきてくださったの？」

「旦那様の御用で近くまで出かけたものですから」

それは結月の大好きな和菓子だった。

最中にお湯をかけて食べる和菓子だが、中に仕掛けがある。お湯で皮が溶けだすと、あんと一緒に星や花、ハートといった形のカラフルなゼリーがランダムにひとつだけ出てくるのだ。その形により、その日の運勢を占える。

最中の皮の香ばしさと、ほどよいあんの甘さは絶妙だし、それで運勢を占えるという女心をくすぐる和菓子は数年前にＳＮＳで広がり、爆発的な人気となった。

「結月はそれ、大好きよね」

「とってもおいしいから」

結月はどちらかというと洋菓子より和菓子が好きで、子どもの頃からあんこは大好物だ。

恭子が用意してくれたお湯をかけたら、あんと一緒に星形のゼリーが出てきた。大吉だ。

「よかったじゃない、大吉ね、結月」

「うん」

たかだかしるこから出てきたゼリーだが、幸先のいい結果に心が躍る。

あんと一緒にゼリーを頬張り、ティーカップに口をつける。忍がプレゼントしてくれた紅茶は香り高く、すっきりとした味わいだった。

翌週の日曜日。手配した荷物が新居に届けられるため、結月はマンションで待ちかねていた。忍もあとから来る予定になっていて、少しずつ持参している自分の荷物を先に整理しておこうと奮闘中である。

はじめてここに案内されたときに見られなかった部屋は、あのあと何度か洋服や小物類を持参したときに見て回った。どの部屋も落ち着いた品のある内装で、文句のつけどころがない。自宅のバスルームも広い造りだが、ここはそれよりもさらに広く、パウダールームには座り心地のいいソファまで置かれている贅沢仕様だ。

忍の書斎に結月の部屋、さらには将来的に子ども部屋として使うスペースまで確保してあり、間取りは申し分ない。

忍が送ってくれた部屋の写真を見た梨々花も、『さすがプレジールの御曹司。センスがいいわね』と納得だった。

結月がウォークインクローゼットで洋服をハンガーにかけていたら、玄関から物音が聞こえてきた。

（きっと忍さんだ）

手に取った洋服をいったんキャリーバッグに戻し玄関に向かう。すると、軽く手を上げて結月に微笑みかける忍の後ろから、もうひとり女性が入ってきた。

「お、お義母様、こんにちは」

忍の母、久美だった。会うのは初顔合わせ以来になる。

白のセットアップを上品に着こなした久美を前に、カジュアル気味の自分の格好が急に不安になった。結月はローズピンクのシンプルなニットにふんわりしたロングスカートというスタイルだったのだ。

とはいえ今さら着替えるのもおかしいし、よく見れば忍もストライプのシャツにスキニーパンツというスタイルだから大丈夫だろうと思いなおす。

「結月さん、こんにちは。忍ったら、どんなところに住むのかまったく見せてくれないものだから、無理やりついてきちゃったの。邪魔してごめんなさいね」

「いえ、お気になさらないでください」

いきなりの登場には驚いたが、親なら気になって当然だろう。結月の両親にも、落ち着いたら招待するように何度も言われている。

「すぐにお茶をご用意しますね」

「結月さん、いいのよ、お気遣いなく」

久美は遠慮するが、そうはいかない。

まだ食料品は準備していないが、休憩するときにふたりで飲めるよう、先日忍からプレゼントされた紅茶を持参している。家電は家具と一緒に揃えたため、電気ケトルがあるのは幸いだった。

キッチンに向かう結月の後を忍も追ってくる。

「カップがまだないな。到着までもう少しかかるだろう」

忍が腕時計を確認する。

「紙コップならあるんですけど、それでもいいですか？」

「持ってきたのか。準備がいいね」

褒められてまんざらでもない。

「荷物の到着が午後だから念のためと思って」

結月はトートバッグから紙コップと紅茶を取り出した。

「これ、とってもおいしかったです。日本ではなかなか手に入らない貴重な紅茶だそうですね。忍さん、ありがとう」

うれしさから目いっぱいの笑顔を向けたら、忍はそそくさと目を逸らした。口元に手をあて、心なしか耳が赤い。

「……忍さん？」

「いや、結月が喜んでくれたのならよかったよ」

取り繕ったように電気ケトルに水を入れる忍を見ていたら、少し離れた場所でこちらをうかがっていた久美が「ふふふ」と笑みをこぼした。

「忍のそんなうれしそうな顔、久しぶりに見たわ。結月さんのおかげかしらね」

「母さん、余計なことは言わなくていいから」

忍が咄嗟に止めに入る。

「あら、余計なことじゃないでしょう？　真実よ、真実」

「母さん」

たしなめる忍に久美もとうとう口を噤んだが、意外な言葉を聞いた結月は、戸惑いながらもうれしかった。

三人で紅茶を味わい、部屋を見学した久美は「それじゃ、新婚さんのお邪魔はしたくないから」と言って、早々にマンションを後にした。

「お義母様、とても素敵な方ですよね」

初顔合わせのときもそうだったが、今日はさらにそう感じる。まだぎこちない結月たちを気遣い、会話を繋げてくれたのはありがたいし、優しくおっとりした雰囲気は結月の母親にも通じるものがある。

「無用な口出しをしなければね」

忍はクスッと鼻を鳴らした。

それからしばらくして荷物が届き、手分けして整理を開始する。

結月はキッチン回りを、忍はベッドルームやパウダールームを担当。手早く梱包を解き、一つひとつの食器を棚に収納していく。

優しい風合いの夫婦茶碗もハートのマグカップも見ているだけで顔が綻んでくる。好みのものは見ているだけで気分が華やぐから不思議だ。でもそれは、忍と一緒に選んだからなのかもしれない。ふたりで同じことをする一体感というか、少しずつ夫婦になっていく気がする。

ひと通り収納を終えてリビングへ行くと、ちょうど忍がハートのクッションをソファに並べたところだった。

「思ったほど違和感がなくてびっくりです」

むしろぴったりと言っても過言ではないかもしれない。真っ白なソファに差し色として映え、効果的だ。

「なかなかいいな」

「忍さん、買ってくださって本当にありがとうございます」

けれど赤やピンクのハートなんて、男性の趣味には合わないかもしれない。

「お礼を言われるようなことはしてないよ」

忍はそう言うが、好みを受け入れもらえるのはうれしい。

「そういえば、忍さんはなにが好きですか？　なにかそばに置いておきたいものとかありませんか？　今度は私からなにか贈らせてください」

いつももらってばかりだから、次は結月の番。忍にも喜んでもらいたいと浮かれ気分で聞いてみたが――。

「俺？　そうだな……。あ、そうだ。その前にキミに渡すものがあったんだ」

忍は自分の胸を親指で差してから、ハッとしたように立ち上がった。

（まさかとは思うけど、またプレゼント？）

〝渡すもの〟でピンときてしまった。そして結月の読み通り、忍がラッピングされた細長いケースを手に戻る。腰を下ろし、それを結月に差し出した。

「そんなに気をつかわないでください」

「妻に優しくするのは夫として当然だろう」

「お気持ちはうれしいんですけど、私はこうして会って話せるだけで」

少しずつ忍との距離が縮まっているのを感じられれば、それで十分。一歩ずつ歩み寄って、徐々にお互いのことを知っていく。それでいい。忍には、夫としての役目を重く考えてほしくない。

忍がふと真顔になる。

「結月は隙を見せすぎ」

「隙？　そうでしょうか……？」

そもそも〝隙〟がどういうものなのかわからない。

結月がゆっくりと首を傾けて忍を見たら、ひとり分ほど空いていた距離を彼が詰める。

「隙を見せるのは俺だけにすると約束して」

肩を引き寄せられた次の瞬間、唇が重なった。

これまでのキスのようにすぐに離れるかと思いきや、忍は結月の腰に手を回し、さらに体を抱き寄せる。唇を擦り合わせ、そっと食み、キスの温度を上げていく。それに伴い結月の鼓動も着実にスピードを増していった。

なにかに摑まっていないと心細くて、忍のシャツをぎゅっと握る。体はカチンコチン。どうしたらいいのかわからず、されるがままになっていたら、忍の指先が結月の顎に触れた。

軽く下に引っ張られ、自然と唇が開く。その隙間から忍の舌が入ってきた。ぬるっとした未知の感覚に体がさらに強張る。

忍はがっちりと閉じられている結月の歯列をゆっくりと舌先でなぞっては、唇を優しく吸う。時間をかけて緊張を解こうとしているのか、決して焦らず、追い立てようともしない。

その優しさに絆されるようにして、少しずつ力が抜けていく。嚙み合わせていた歯が開き、その間からいよいよ忍の舌が口腔内に侵入してきた。

「――んっ、んん……」

口を塞がれ、どう呼吸をしたらいいのかわからず身悶える。息苦しさに肩を震わせていたら、キスが解けた。

「鼻で息をしてみて」

そう囁き、忍は再び結月の口を塞ぐ。先ほど同様に顎を指で押されて唇を開かされ、舌が挿入される。

言われた通りに呼吸を意識したら苦しさは解消されたが、次にやって来たのは艶めいた刺激だった。

頬の裏から上顎にかけてゆっくり舐められ、鼻にかかった吐息が漏れる。思いがけない感触は決して嫌ではなく、体から力を奪っていく。頭が霞み、ふわりと浮いたような感覚だ。

「そう、上手だ」

奥のほうに縮こまっていた舌を見つけられ、誘導されるままに出す。忍の舌が絡められ、これまでにない感覚が甘い刺激に変わっていく。

「……しの、さ……ぁ、ふ……」

結月から甘い吐息が漏れたのを聞くや否や、弱点でも探るかのように舌先が口腔内を縦横無尽に動き回る。そのうちにそれを見つけたのか、上顎ばかりを執拗にくすぐられ、口の中どころか体までじんじん痺れだした。

自分を見失いそうになり、忍のシャツをぎゅっと掴んだら、その手を彼が取り指を絡めてきた。もう片方の手は結月の後頭部で髪の毛をすくい上げる。

(キスって、こんなに気持ちいいの……？)

ほかになにも考えられず、ただ忍だけを感じる。

このままずっとキスしていたい。

そう思うほど夢中になっていたら、ふとどこからかオルゴールの音が鳴りだした。なんの音だろうと夢見心地で聴きながらハッとする。結月のスマートフォンだ。

両親や誰かからの急ぎの連絡だったら出ないわけにはいかない。一気に現実に引き戻され、忍の胸をそっと押してキスを解く。

「ごめんなさい」

繋いでいた手を忍がなかなか放してくれず焦ったが、なんとかソファの隅に置いていたバッグからスマートフォンを取り出す。画面には京也の名前が表示されていた。

「もしもし、京也さん？」

結月がそう応答した直後、忍が大きなため息をつく。スマートフォンを耳にあてながら振り向くと、忍はソファに座りなおし髪を乱暴に掻き上げていた。

なんとなく見てはいけないものを見たような気がして、咄嗟に視線を逸らす。

『結月、まだ新居のほうなのか』

「あ、うん、そうだけど」

メッセージのやり取りで、京也にも今日は新居に荷物が届けられることを話していた。

『今夜は帰るんだろう？』

「うん、帰る」

完全に新生活をスタートさせるまでは、自宅で夕食をとる予定だ。

『俺も顔を出すからさ』

「京也さんも来るの？」

『おばさんから誘われてるんだ。恭子さんが腕によりをかけるっていうから、結月も早く帰ってこいよ』

「はい」

京也との通話を終えて、スマートフォンをバッグに戻す。

「すみませんでした」

忍のそばに戻ってちょこんと腰を下ろしたが、どことなく不機嫌な様子が彼から漂ってくる。やはりキスの途中で電話に出たのはまずかったかもしれない。

「本当にごめんなさい」

「今夜は一緒に夕食をとろうと思ってたんだけど」

「じつは両親から、ここに住むようになるまでは夕食を一緒にしたいと言われているんです。ごめんなさい」

「結月のご両親？　上條京也じゃなく？」

京也からの電話だったから、話している内容からそう勘違いしたのかもしれない。

でも京也の名前の部分だけ、やけにとげとげしい口調なのは気のせいだろうか。

「京也さんも来るとは言ってましたが」

「なんでアイツまで」

「はい？」

忍のボソッと呟いたひと言は、結月には聞き取れなかった。


送ってくれるという忍の言葉に甘え、結月は彼の車に乗り込んだ。

「忍さん、今日もありがとうございました」

彼からの今日のプレゼントは腕時計だった。忍とお揃いのペアウォッチだ。

「だけど、もう贈り物はいりませんから」

「俺からのプレゼントは受け取らないって？　でもそうはいかないよ」

いたずらっぽく笑う忍に「違います」と大真面目に首を横に振る。

この腕時計の前にもマンションに自分の荷物を運んだときには花束をもらっている。つまり会うときには必ずなにかしらプレゼントされているのだ。

「あまり私を甘やかさないでください」

「妻を甘やかすのは悪いこと？」

忍は、あくまでも妻という立場だから結月に優しくしているに違いない。

「悪くはないですけど、どんどん欲張りになりますから」

「もっと欲張りになれ。もっと俺を求めたらいい」

「だ、だけどやっぱりもらいっぱなしは悪いので」

濃厚なキスをしたせいか〝俺を求めたらいい〟という部分に過剰反応して、言葉に詰まる。

「結月の全部をくれれば、俺はそれでいい」

「私の全部って……」

経験もないくせに、あからさまに卑猥なシーンを想像して顔が熱くなる。忍はきっとそんなつもりで言ったわけではないだろう。

それならどういう意味かといったら、結月にもわからないが。

「少しずつステップを踏んでいこう」

ブレーキが踏まれ、車がゆっくり停止する。話しているうちに結月の自宅に到着した。

(もう着いちゃった……)

残念に思う自分に気づいて戸惑う。濃厚なキスをして、ふたりの距離が近づいた証拠だろうか。

「結月」

名前を呼ばれると同時に、シートベルトを外した忍が結月の頬に手を添えて自分のほうへ向ける。近づいてきた唇を、目を閉じて受け止めた。

触れるだけで離れると思った唇が、そのまま居座る。先ほどのキスを思い出して、胸の奥がじくじくとした。

この疼きはなんなのか。彼のキスに溺れただけなのか。それとも——。

一度目よりたやすく唇を割られる。忍び込んできた舌は最初の遠慮がちな様子など微塵もない。口腔内を我が物顔で動き回り、結月はそれに翻弄されて息をするので精いっぱいだ。

「んっ……ふ、……っ……」

じゅるじゅると音を立てて舌を吸われ、どちらのものともつかない涎が顎を伝う。食べられてしまうのではと思うほど激しいキスに、意識がくらりと揺れる。眩暈を起こしそうな感覚がして、いっそそれに身を委ねてしまいたくなる。

今日はじめて知った結月の弱点である上顎を舌先でいじられ、甘ったるい声が鼻から抜けていく。座っているのに、その体勢を保つのさえ辛い。完全に忍の舌の思う壺。傍若無人なキスなのに、やめないでほしいと願う。

もっと忍を求めろというのはこういうことなのか。

大人のキスを知ったばかりなのに、それに溺れるなんてはしたないと冷静な部分で思う自分もいて、それを消し去ってやるとばかりに忍の舌がさらに激しく蠢く。

胸の高鳴りも疼きも、留まることを知らない。

キスの水音だけが響く車内に、今度は忍のスマートフォンが着信を知らせて鳴り響いた。結月を解放して画面を確認したが、忍はそのまま放置を決め込む。

「出なくて大丈夫なんですか？」

「後でかけなおすよ」

忍の親指が結月に伸び、濡れた唇を拭う。

「明日、久我山旅館の本社に行くから、結月にはそこで会えるな」

「はい」

久我山旅館とプレジールの共同でリゾートを開発する計画が持ち上がっており、明日はその第一回目のミーティングが行われる予定だ。忍は副社長業の傍ら開発にも積極的に携わっているため、今回の計画の中心的役割も担っている。

「腕時計、着けておいで」

「はい。ありがとうございました」

助手席のドアを開けて降り立つ。一瞬足がふらついたのは、忍にされたキスの余韻だろう。

「おやすみなさい。気をつけて帰ってくださいね」

結月の言葉に忍は笑顔で答え、車を発進させた。

小さな不安

翌日——。

久我山本社、特に事業統括部は朝から忙しない空気に包まれている。

理由はただひとつ、今日からプレジールとの共同でリゾート開発が本格的に始動するためだ。旅館の和とホテルの洋との融合で、新たなリゾートを創り上げるのが狙いである。もちろんそれは、リゾティアをはじめとした外資系ホテルに対抗する手段のひとつでもある。

忍たちプレジール一行は予定時刻の十分前に到着。コの字型にテーブルを配置したミーティングルームには総勢十二名となる両社の社員が顔を揃え、定刻通りに打ち合わせが始まった。プロジェクトのメンバーである結月も末席でノートパソコンを広げて準備万端だ。議事録も作成しなくてはならない。

参加者たちの視線が忍と結月の間を行き来するのは、仕方のない状況だろう。ライバル企業との政略結婚は、ある意味スキャンダルだ。

忍のスーツ姿は何度か見ているが、会社で見るといつも以上に凛々しく見える。今日はネイビーの三つ揃いに茶系のマドラスチェックのネクタイを合わせたクラシカルで上品な着こなしだ。

忍は妻には優しく接しなければならないと盲目的に考えているようで、普段はとても穏やかで優しい表情をしている。しかし仕事モードの彼はその真逆。放つオーラは鋭さがあり、厳しい表情はいっさいの妥協を許さないように見える。

そんな姿を見るのがはじめての結月は、知らない人を見ているようでなんとなく落ち着かない。忍たちをここへ案内したときには、上村大吾《うえむらだいご》という彼の秘書を直々に紹介された。神経質そうな雰囲気のする男だったが、仕事に厳しいと噂に聞く忍がそばに置くくらいだから有能な人物だろう。

不意に忍と目が合い、彼の真剣な表情が一瞬だけ和らいだ。自分だけに向けられた笑みに鼓動が小さく跳ねる。

忍は自分の左手首をそれとなく指した。ペアウォッチのことを言っているのだろう。もちろん今日は結月も着けているが、なんともいえず照れくさくて即座に俯いた。

双方の簡単な自己紹介からはじまり、プロジェクトの中心人物である忍が本題に切り込む。

「日本政府が高級ホテルを新設するために公費支援を行うことを閣議決定したのは、ホテル業界に身を置いている皆さんなら当然ご存知かとは思いますが」

忍の言葉に久我山旅館陣営がにわかにざわめく。「え？　そうなのか？」と囁き合う声が数珠繋ぎに聞こえた。結月も初耳だ。

それは忍の耳にも届いたらしく、目線がそちらへ動く。冷ややかな目なのは、そんなことも知らないのかという軽蔑の意味合いか。

「そこからお話ししなければなりませんか」

軽く息を吐き、落胆したように忍が言った瞬間、部屋の空気がピンと張り詰める。結月もドキリとさせられ、背筋が伸びるようなピリッとした緊張感に包まれた。

誰もが辛辣な言葉に聞こえただろう。長い間お互いにライバルとして認識してきたため、もともと両社の間には壁が存在する。挨拶を交わした段階では和やかなムードではじまるかに思えたが、そう簡単にはいかないようだ。

しかし政府の動きをいち早く察知し、それに合わせた動向をいかに迅速にとれるかが大事なのはどの業種にも言えるだろう。久我山旅館陣営がその情報を知らなかったのは恥ずべきこと。みな一様に俯く以外にない。

忍は、久我山旅館の面々を厳しい表情で見つめた。彼が冷酷と噂される所以は、仕事において容赦のない言動にもあるのかもしれない。

「矢神副社長、お恥ずかしながらはじめて耳にしまして、……そのあたりのお話を少しお聞かせ願えませんか」

事業統括部長が場の空気を和らげようと、低姿勢で問いかける。

忍がさらに手厳しい発言をしたらどうしようかヒヤヒヤしたが、彼は「わかりました」とすぐに切り替えた。

「インバウンド需要を効果的に取り込むため、各地に世界レベルの高級ホテルを続々と新設する方針を発表したのは先週のことです。ここで言う高級とはいわゆる五つ星クラスを指し、具体的には外国人富裕層向けを指しています」

そのクラスは現在、日本で稼働しているホテルでは極めて限られており、富裕層を近隣諸国に奪われている状況なのは結月も知っている。絶対数が足らないのだ。

「ですが、そのようなホテルが乱立すれば供給過剰になり、国内で顧客の奪い合いになるのではないでしょうか」

久我山側の事業統括マネジャーである京也が懸念を示す。京也は今回のプロジェクトが公になってから、プレジールとのリゾート開発に消極的な姿勢を見せている。

もともと開発に関しては忍と因縁があるため、腹に据えかねる部分もあるのかもしれない。

久我山旅館はすでに高級路線での位置づけであり、新たに開発するのではなく既存の施設の改修などで現在のポジションを維持すべきとの考えなのだろう。

「基本的にリゾートホテルというのは連泊で滞在を楽しむものです。つまり、ホテル自体が旅の主要な目的であり、我々が作ろうとしている五つ星リゾートのライバルは日本の中ではなく、プーケットやバリなどのアジア広域商圏になります。市場は極めて大きく、飽和ということは考えられません。もちろん現在の久我山旅館やプレジールがそのクラスに引けを取っているとも思っていません。ですが……」

忍はさらに上を目指すのだと力説する。富裕層にとって旅行先を決める重要なポイントはホテルにある。そのホテルに泊まりたいから、その土地へ行くのだと。

その眼差しには熱が込められ、忍自身がこのプロジェクトに並々ならぬ力を注いでいるのは推測できた。

「今後加速していくであろう外資系ホテルの流入に、ジャパンブランドで対抗していくのです」

それには〝和〟を重んじた久我山旅館の存在が不可欠だという。久我山陣営に先制パンチを放った忍だったが、大事なパートナーなのだと力説することでマイナス印象をあっという間に覆す。

「日本各地の魅力溢れる都市やリゾート地におけるラグジュアリーホテル開発を通じ、日本の観光先進国化に貢献することを本プロジェクトの事業ビジョンとして掲げたいと考えます」

リゾートにおけるホテル開発は、自然に触れながらゆったりと過ごす長期滞在。都市型におけるそれはエンタメやグルメ、ショッピングを組み合わせた長期滞在といったケースが考えられる。都市の場合は統合型リゾート、つまり見本市や国際会議がメインとなり、出張ついでに週末は滞在して楽しむというニーズがあると、忍はプロジェクタースクリーンに資料を投影して説明した。

リゾート型ホテルのライバルはプーケットやバリ島などだが、都市型ホテルの場合は上海や香港、シンガポールなどだろう。どちらにしても需要規模が大きく、ホテルが飽和状態ということはない。加えて、日本の文化や風景への評価は依然として世界的に高く、下がる気配はないという。

どの提示資料もデータをもとにした根拠のあるもので、緻密に分析されたものだとわかる。忍はすでに候補地をいくつか見つけてあり、今後は久我山旅館と意見をすり合わせて開発に乗り出すようだ。行動力も決断力もあるプロジェクトリーダーに、その場にいる誰もが称賛の目を向ける。

ミーティング開始直後の冷ややかな言動は、仕事に妥協しない真摯な姿勢だからこそ出てきたもの。忍の冷静かつ凛々しい姿を見るのははじめてで、結月は議事録のためにキーボードを打ちながら、彼の真剣な表情に何度も胸を高鳴らせていた。

異性に対してこんなにもドキドキしたことはなく、その鼓動の高ぶりに自分で動揺する。

夫となった男は、日本のホテル業界を牽引するような頼もしい人間なのだと改めて実感した。

二時間に及ぶ打ち合わせを終え、忍たちプレジール一行がミーティングルームから出ていく。忍を目撃した女子社員たちは一様に「素敵」と色めき立っていた。

（そうだよね、忍さん、カッコいいもの）

久我山旅館の存在だけが頼みの綱である自分のことを、はたして忍はこの先好きになってくれるのだろうか。

熱い視線を方々から浴びる忍の妻であるのを誇らしく思う反面、複雑な心境でもあった。

「結月、議事録はちゃんと入力できたか？」

忍たちをエレベーターまで見送りに行く途中、ミーティングに参加していた京也が結月の隣に並び、意地悪な顔で声を潜めた。

「ちゃんとできました。上條マネジャー、失礼ですよ？」

結月も小さな声で反論する。職場での京也は結月の上司でもあるため、名前で呼ぶわけにはいかない。

「たまにポカンとしてただろう。合図送ってるのに全然俺のほうを見ないし」

それはきっと忍に見惚れていたときだろう。京也に見られていたのかと思うと体裁が悪く、つい言い返す。

「ポカンとなんてしてません」

「いいや、してたぞ。おおかた食べ物のことでも考えてたな？」

京也がクスクス笑いだしたため、唇を尖らせつつ彼を肘で小突く。

「イテッ」

「マネジャーこそ、大事な会議の最中に合図を送るなんて不真面目じゃないですか」

大げさに痛がる京也を横目で軽く睨んだところでエレベーターホールに到着する。

忍が振り返り、結月を見てから隣の京也に視線を投げかけた。

どことなく冷たい眼差しにヒヤリとする。結月に向けられたものではないのに、動きを封じ込められるほど強い。その目こそ、冷酷だという噂に見合うものだった。

忍は久我山の事業統括部長と最前列で話していたが、最後尾の小声でのおしゃべりが聞こえてしまったのかもしれない。仕事中になにをふざけているのかという警告だろうか。

「では、また次回のミーティングで」

最後に結月と視線を合わせ、忍が目もとにわずかに笑みを浮かべたためホッとした。


忍たちが本社を去ったときには午後一時を回っていたため、事業統括部で留守番をしていた百々とふたり、結月は休憩室でお弁当を広げていた。

六人掛けのテーブルが十並ぶ休憩室は南側に面しているため、大きな窓から太陽光がふんだんに入る。四月に入り、日差しが格段にやわらかくなったようだ。

結月は毎日恭子特製の弁当を持参しているが、忍と一緒に暮らすようになったらそうはいかない。彩り豊かで栄養満点の弁当が食べられなくなるのは非常に残念である。

結婚したとはいえ結月は仕事を続けるつもりのため、忍はハウスキーパーの導入を提案している。矢神家で長年仕えている三人のうちのひとりに、週に何度かふたりのマンションに来てもらおうと手筈を整えている段階だ。

決して上手とはいえないが結月は料理が嫌いではなく、恭子と一緒に作ることもしばしば。家事もなんとかなるのではないかと楽観的に考えたが、広いマンションを綺麗に保つのはさすがに厳しい。

「それにしても噂に聞く以上のイケメンでしたねー」

百々が興奮気味に話すのは、言わずと知れた忍のこと。彼女は忍たちが到着するや否や一目散に彼ら一行を見に走り、同期の女の子たちとワーワーキャーキャー騒いでいた。

忍から冷ややかな視線を送られてもなんのその。それがかえってカッコいいとテンションは上がるいっぽうだった。

「あんなに素敵なら、どれほど冷酷な男だって我慢できるなぁ。でも、もうすでに結月さんのモノなんですもんねー」

「私のモノなんて」

紙切れ一枚の希薄な関係だ。

「だって結婚したんですから、そういうこともしたんですよね？」

チーズインの玉子焼きを箸で摘まんだまま、百々に聞き返す。

「そういうことって？」

「やだ！　そういうことって言ったらアレに決まってるじゃないですかぁ。セックスですよ、セックス！」

百々が卑猥な言葉をあっけらかんと口にする。それも普通のトーンだったため、結月は瞬間湯沸かし器のように顔が熱くなった。

「ひゃー！　結月さんってばかわいい！」

「百々ちゃん、からかわないで」

箸を置いて、頬を両手でパタパタと仰ぐ。熱くてかなわない。

百々は普段からざっくばらんで、なんでもあけすけに話すタイプなのだ。社長令嬢である結月にも態度が変わらないのはうれしいが、そういった話に疎い結月は毎度沈黙してしまう。

「結月さんってほんと初心ですよねー。矢神副社長もかわいくてたまんないだろうなぁ」

「そんなことないから」

「彼、女性経験が豊富そうだからセックスも上手そう」

「百々ちゃん」

そう何度も露骨な単語を口にしないでほしい。おかげで方々からチラチラ見られて居心地がとても悪い。

「結月さんって私より年上で社長令嬢だけど、かわいいからついからかいたくなっちゃうんです」

百々はペロッと舌を出しておどけた。

彼女にそう言われて、ふと不安になる。

(私で本当に大丈夫なのかな……)

なんの経験もない結月が、いかにも経験豊富そうな忍を満足させられるのだろうか。はじめてのキスにも、きっと経験の浅さが滲み出ていたに違いない。キスが下手でガッカリされた可能性もある。

そもそも忍には好きな女性はいたりしないだろうか。あくまでもプレジールのための結婚だから、付き合っていた女性がいてもおかしくない。

（今頃そんなことに気づくなんて遅いけど、忍さんならいても不思議じゃないよね……）

不意に降って湧いた疑問に、無性に胸が苦しくなるのはどうしてなのか。

忍が見つめるその先に自分ではない女性がいるのを想像して、胸を圧迫されるような切なさが襲った。とても心細くて、悲しくなる。

「だけど、結月さんは上條マネジャーと結婚するのかと思ってました」

「マネジャーと？　私が？」

そうくるとは思いもせず目を真ん丸に見開く。

「彼は従兄よ？」

兄のような存在だ。

「従兄でも結婚はできますから。仲がいいから、てっきりそういう関係なのかと思ったくらいですもん」

「俺はそれでもよかったんだけどね」

突然上から声が降ってきた。話題に上がった京也の突然の登場だ。話を聞いていたのか、意味深に笑う。

「あ、やっぱり私の目は節穴じゃなかったみたいですね」

「上條マネジャー、変なことを言わないでください。百々ちゃんが誤解します」

「誤解？　それなら真実にしようか」

そう言いながら、結月のお弁当箱から肉団子を摘まみ上げた。素早く口に放り、「うまい」と唸る。

「お行儀が悪いですよ」

「じゃあ座って食べるよ」

結月の隣にちゃっかり腰を下ろし、さらにもうひとつ摘まんだ。

「もうっ」

「やっぱ恭子さんの弁当は最高だね」

親指を立てるジェスチャーをする。

「ほらぁ、仲良しこよしじゃないですか」

そんなふたりの様子を見ながら、百々はニコニコ笑っていた。

ふたりのはじめての夜

すぐにでも新居での同居をスタートさせようと忍から連絡があったのは、彼が久我山本社にやって来たその夜のことだった。

ひと通りのものは揃えたが、片づけはまだ完全ではない。もうしばらく後になるのだろうと呑気に構えていたため、虚を突かれた感じだった。

（突然どうしたんだろう。入籍は済ませたし、急ぐ必要はないと思うけど……）

両社の間に必要なのは、ふたりの婚姻関係。それさえ結んでいればなんの問題ないと思うが、結月の両親も「それがいい」と賛成した二日後、新居での生活がスタートすることになった。

その日は平日。ふたりとも仕事を早めに切り上げ、忍が結月の自宅に迎えに来た。

今生の別れでもないのに、剛は激しく号泣。早くふたりの生活をはじめたほうがいいと言っていた割に、「やっぱり行くな」と結月に泣いてすがるのを恵子に宥められる始末だ。

さすがの忍もこれには困ったらしく、「日を改めますか？」と提案したものの、恵子に「どうか気にせず結月を連れていってください」と送り出された。

「結月は平気？」

車に乗って早々、忍が心配そうに顔を覗き込む。

「はい。すみません、父があんなに取り乱すと思わなくて」

結月も寂しい気持ちに変わりはないが、剛があまりにもひどく泣き崩れたため、逆に冷静になれたのは幸いだったかもしれない。

「人さらいみたいだったな、俺」

「いえ、父が大袈裟なんです」

最後には『連れて行かないでくれぇ』という断末魔の叫びを玄関のドアでシャットアウトしたようなもの。忍も心を痛めただろう。

「嫌な思いをさせてごめんなさい」

「いや、逆に結月を絶対に幸せにしようって、決意を改めて固くできたからよかった」

そうだとしたら、なおさら申し訳ない。久我山旅館とプレジールだけでなく、結月の未来も背負わなければならないのだから。

（でも、幸せにするって言われて切なくなるのはどうして？）

割り切って結婚したのに。お互いの家のため、会社のために結婚したのに、忍の気持ちだけは自分に向かないとわかっているからなのか。

（それも覚悟のうえだったのに……）

忍は久我山旅館との提携が強固なものになれば満足で、それ以外は付属品のようなもの。

頭では理解しているのに、彼の心がそこにないのがとても寂しい。

不可解な心の動きに戸惑っているうちに新居に到着。てっきりどこかで食事を済ませてからと思いきや、今夜は出張シェフを依頼しているという。

結月たちが到着後、ほどなくして大きな荷物を抱えたシェフもやって来た。今夜は本格フレンチのコースをここで振る舞ってくれるらしい。

五十代前半の男性シェフは、数年前までホテルプレジールのフレンチレストランの総料理長を務めていたそうだ。現在は独立して自分の店を持っているというが、今日は忍のたってのお願いで店を休みにして駆けつけてくれたという。

ふたりの結婚生活のスタートラインに素敵なディナーを用意され、うれしさが込み上げる。

（それだけで十分なのに。私ったら、これ以上なにを求めてるの？）

忍は忍なりに、結月との生活を大切にしようとしてくれているのだから。ほかにはなにもいらない。

「忍さん、ありがとうございます。それと、今日からよろしくお願いします」

ダイニングテーブルに向かい合って座り、頭を下げる。

「改まってなに」

クスッと笑いながら忍が結月のグラスにワインを注ぐ。

キッチンではシェフが料理をはじめ、いい匂いが漂いはじめた。

「ふたりの生活がスタートするので、ちゃんとご挨拶をしなくちゃと思って」

「それなら俺も。よろしくな、結月」

忍まで律儀に頭を下げ、顔を上げたところで微笑み合った。

「ところでワインは飲める？」

「少しなら大丈夫です」

お酒はもともとあまり飲むほうではなく、アルコールにも強くない。ワインだったら一杯で体中が熱くなって、ふわふわしてしまうけれど。

「じゃあ乾杯しよう」

グラスを持ち上げ、ふたりの新生活スタートを祝う。ひと口飲んだら、忍は隣の椅子に置いてあった紙袋から小さな箱を取り出した。婚約指輪をもらったときと同じブランドのケースだが、そのときよりもひと回り大きい。

「本来なら結婚式で交換するものなんだろうけど」

そう言いながら忍がケースの蓋を開け、結月のほうに向けた瞬間、リングが煌めいた。

結婚指輪がふたつ。緩やかな風のように流れるプラチナのカーブに、ゴールドのラインが入ったコンビリングだ。コントラストが華やかなうえ、小さなダイヤモンドも三つ等間隔に並んでいる。

「式を挙げるまで結月の薬指をそのままにしておけない」

久我山旅館とプレジールのための結婚だということだろう。いわば決意表明のようなもの。

改めてふたりの結婚の意味を提示されて心がざわつく。先ほどからどうも気持ちが不安定だ。とはいえ結婚指輪といえば特別なもの。感慨深いものがある。

「左手、貸して」

忍に言われるまま左手を伸ばしたら、彼はケースから取り出したリングを結月の薬指に滑らせた。カーブの曲線がぴったり重なり、婚約指輪と並んだ薬指はとても華々しい。まるで最初からふたつを重ねづけできるようにデザインされたよう。

「とっても素敵ですね……」

「俺には嵌めてくれないのか？」

ついうっとり見惚れていたら、忍がいたずらっぽく笑いながら左手を結月に差し出してきた。

「あっ、そうですよね。ごめんなさい」

急いでケースから指輪を取り出す結月を見て、忍がクスリと笑う。自分のことばかりで頭がいっぱいになっているのが恥ずかしい。

「忍さん、手が綺麗」

「そう？　そんなふうに言われたのははじめてだな」

忍は頭のてっぺんからつま先まで、どこもかしこも美しいが、切り揃えられた爪にすっと伸びた長い指はそれだけで妙に色気がある。思わず自分の手を引っ込めたくなるほどだ。

左手を添え、彼の薬指にリングを慎重に滑らせていく。指先が震えるのは、彼にじっと見つめられているせいと、神聖な儀式のせいだろう。

お互いに指輪を嵌めた手を並べて笑い合う。なんとも照れくさい。

そうしているうちに前菜が運ばれてきた。

「お待たせいたしました。ボタンエビとホタテのカルパッチョです」

シェフが順番に皿を置く。レモンベースのソースの爽やかな香りと、散らされた菊の花びらが美しい。忍と揃って口に運んだら、さっぱりとした味わいで、喉をするりと通過していった。

「おいしいですね」

結月の満面の笑みを見て、忍も満足そうに微笑む。

「ところで、今度開発が進められるホテルは、どの場所から着手する予定ですか？」

先日のミーティングでは軽井沢《かるいざわ》や葉山《はやま》、清里《きよさと》のリゾート型ホテルや、横浜《よこはま》や港《みなと》区の都市型ホテルの構想が提示されていた。

「そうだな、土地契約の進み具合からいくと軽井沢が一番早いかな」

「和と洋を融合させるんですよね？　どんなリゾートホテルになるのか今から楽しみです」

久我山旅館も古くから温泉地に旅館をいくつか展開しているが、建物は数寄屋造りなど昔ながらの代表的な日本建築である。いっぽうプレジールは近代的な建物であり、そのふたつの組み合わせでいったいどんなものができるのかと考えるだけでワクワクする。

「どんなふうにしていくのかはプロジェクトチームで検討を重ねて決めていく予定だけど、結月はどんなホテルを造りたい？」

「えっ、私ですか？」

そんな質問をされるとは思いもせず、急いでぼんやりとしていた想像を言葉に変換していく。忍に〝なんの考えも持たない女〟という印象を与えたくない。

「そうですね……洋をベースにした建物だとしたら、内装に漆を使ってみたり和ダンスのような調度品を置いたり、ヴィラタイプの客室だったら坪庭のある書斎タイプの部屋を造ったり……」

あくまでも空想の中の想像図。これまでいくつもの開発を手がけてきた忍に披露するには恥ずかしい気はしたが、忍が興味津々に相槌を打ってくれるものだから、つい調子に乗る。世界各国からそこに集うお客様の喜ぶ顔を思い浮かべたら、結月まで自然と笑顔になった。

「どれも参考になる意見だね」

「本当ですか!?」

おそらくお世辞だろうが、褒められればうれしい。思わず手を叩くという子どもじみた喜び方をしてしまった。

忍と共通の話題であるリゾート開発の話をするのは楽しく、時間が経つのも忘れて意見を交わし合う。トリュフと山芋のフランやタラバカニのオランデーズソースと金目鯛の盛り合わせなど、次々と運ばれてくる料理を堪能しつつ、いよいよラストのデザートとなった。

シェフがテーブルに置いたデザートを見て、結月が目を見張る。

「これってもしかして」

「光風堂の占いしるこ。もしかして、あんこは苦手？」

「いえ、その逆です。生クリームよりもあんが好きで。……だけどどうして」

器に手を添えながら忍を見る。

コースの流れから考えたら、絶対に出てこないデザートだ。

「競合調査でたまたま行ったんだよ」

光風堂は外資系の高級ホテル内に出店しているため、忍がリサーチで訪れてもおかしくない場所ではある。そんな場所で結月に和菓子を買って帰ろうと思い立ってくれたのだと知り、途方もなくうれしい。

その器と一緒に置かれたハートのマグカップには紅茶が注がれていた。お揃いがなんともいえず、くすぐったい。

「この和菓子、大好きなんです。わざわざ足を伸ばして買いに行くくらい」

「それはよかった。早速食べるといい」

器と一緒に置かれたティーポットからお湯を注ぐと、すぐに皮が溶け出し香ばしい匂いが立ち上る。中から出てきたのは――。

「あっ、ハート！」

思わず声が弾む。記念すべきスタートの日に、恋愛運に恵まれるというハート型のゼリーが出てきた。

「忍さんは？」

ワクワクしながら彼の器を覗き込む。すると忍のしるこもハートのゼリーが顔を出しているではないか。

「おんなじですね」

「だな」

忍と笑い合う。

ふたり揃って恋愛運がいいという結果が、なんともいえず照れくさい。

（きっと、この結婚は間違いではないってことよね）

幸先のいい占い結果が結月に根拠のない自信を与える。いただきますとひと言断ってから食べたら、なぜかいつも以上においしかった。


シェフが帰り、いよいよふたりきりになる。

これまで何度かこの部屋でふたりきりになったことはあるが、そのときとは比べものにならないくらい緊張しているのが自分でもわかる。それは、ふたりで過ごすはじめての夜だからにほかならない。

心が伴っていなくても、夫婦が体を重ねるのは自然な流れ。もしもそうなったときに結月が拒むのはおかしな話である。

愛がなくても距離を縮めようと、結月に優しく接してくれる忍の気持ちに応えたい。忍には、結婚してよかったと思ってもらいたいのだ。

そんな覚悟の裏でひっそりと息づく想いが今にも顔を覗かせようとするが、恋に不慣れな結月はそこから目を逸らす。

順番にお風呂に入り、なにか飲み物でも用意しようかと結月が冷蔵庫を開けたときだった。リビングに置いていたバッグの中でスマートフォンが着信を知らせて鳴り響く。

（誰だろう？　お父様かお母様かな）

家を出るときの父親の様子を思い出し、逆に結月のほうが心配になる。

（電話に出た途端、また泣きだしたらどうしよう）

そんなことを考えながらバッグから取り出したら、予想とは違う人物からの電話だった。画面の応答をタップして立ったまま耳にあてる。

「京也さん？　どうしたの？」

『今日からそっちで生活するって言ってたから、どうしてるかと思ってさ』

なにかあったのかと思ったが、ただ単に結月が気がかりだったようだ。

「どうしてるって、大丈夫だよ。ちゃんとやってます。京也さんに心配かけないようにがんばるから」

『結婚生活はがんばってするもんじゃないだろ？』

「そうなの？」

政略結婚にしろ恋愛結婚にしろ、お互いに相手のことを思いやって努力するものではないだろうか。好きという感情があってもなくても、尊重し合い寄り添う気持ちが大切だ。

少なくとも、忍はそうして結月に接してくれているし、結月もそうありたい。

『あんまり無理するなよ？』

「大丈夫。京也さんは心配――っ」

〝しないで〟が喉の奥で張りついた。不意打ちで後ろから忍に抱きしめられたのだ。

『……結月？　どうかしたのか？』

結月が息を呑んだのが聞こえたのか、電話の向こうで京也が困惑する様子が伝わってくる。

「結月、おいで」

電話口のすぐそばでそう言い、忍が結月の頬に音を立ててキスをする。さらにスマートフォンを取り上げ、強制的に通話を切った。

京也に聞こえるようにわざとそうしたように思えて鼓動が加速していく。

「初夜を迎える夫婦のところに電話をかけてくるとは、上條京也もいい度胸してるな」

「ごめんなさい」

「なんで結月が謝る」

耳元で囁く声に不満が滲んでいた。

「電話に出たのは私ですから」

京也が悪者にされたら申し訳ない。彼は妹同然の結月が心配なだけ。

急いで京也を擁護したら、背後にいる忍からため息が漏れ聞こえた。

「結月は……」

なにかを言いかけた忍が、そこで言葉を止める。唇を引き結んだ。

「忍さん？」

「いや、なんでもない」

結月の髪に顔をうずめるようにして首を横に振る。抱きしめる腕の力が強まった。

（もしかして、京也さんと話していたからヤキモチを焼いてくれたの……？）

一瞬そんな考えが過ったのは、そうだったらいいのにという結月の願望が見せる幻影だろう。

頭の片隅に常にある〝政略結婚〟という言葉は、結月の希望をことごとくなぎ倒していく。

忍は結月を振り向かせ、唐突に唇を塞いだ。

表面を擦り合せるだけのキスはものの数秒。忍は結月の顎に指を添えて唇を開かせるや否や、舌を挿入させてきた。

歯列をぐるりと舐められ、くすぐったさが今にも気持ちいいものに変わりそうになる。その波に素直に乗ってもいいものなのか迷い、忍のパジャマをぎゅっと摑んだら、その手を彼に取られた。手のひらを指先でくすぐられ、指の股をなぞられる。どことなく官能的な動きに煽られ、唇の端から吐息が漏れた。

「んぁ……ふ……」

奥に引っ込めていた舌はあっという間に捕まり、激しく絡み合う。

いつになく強引で性急なキスが結月の呼吸を弾ませ、体温を上昇させていく。体の奥がじんと痺れ、立っているのもやっと。膝から力が抜けて崩れ落ちる寸前、忍に抱き上げられた。

「結月、ベッドへ行こう」

これからなにが行われるのかわかっているため、体中に緊張が走る。ドキドキというよりはバクバク。心臓は異常な速度で鼓動を刻みはじめていく。そのまま寝室に連れられ、真新しいベッドの上にそっと下ろされた。

——いよいよこれから。

そう思ったら急に怖くなった。覚悟はできていたはずなのに、未経験の不安が一気に噴出する。

押し倒された結月は、胸の上で両手を合わせてぎゅっと握りしめた。

でも、どうにもならない心細さは自分でなんとかしなければならない。ここで夫を拒むのは妻のすることではないから。

忍はがっちりと握り合わせていた手を解き、結月の顔の両脇で自分の指と絡めた。

「結月」

頼りなく彷徨わせていた視線を捕獲された。忍の眼差しに見たこともないような熱を感じて胸が疼く。

ここに愛はない。その熱視線は結月に向けられたものではなく、これからする行為に対するものだとわかり切なくなる。でも今は、その事実に目を瞑ってしまおう。ごく普通の夫婦のように愛し愛されていると思い込み、ふたりのはじめての夜を全うしたい。

両手をぎゅっと握り返した瞬間、忍の唇が落ちてきた。すでに熱を持っていた結月の唇は、たやすく彼にその場所を明け渡す。半開きにしていた隙間からぬらりとした彼の舌が侵入し、思うままに口腔内を荒らしはじめた。

「……ふっ……ぁ……っん」

鼻で呼吸するたびに甘ったるい吐息が漏れ、静かな空気に溶けていく。

頰の裏から上顎、下顎と余すところなく這い回る舌は、まるでべつの生き物のよう。舌を激しく絡め合ったかと思えば、彼の唇がじゅるじゅると音を立てて吸い上げる。

官能的な水音が結月を耳から犯し、頭がぼんやりと霞んでいく。キスだけで息が上がり、酸素を求めて結月の胸は上下した。

恍惚としたキスがやみ、彼の唇が頰や顎を伝い首筋へ移動していく。ところどころ軽く吸いついてはチュッチュッと音を立てる唇に神経を逸らされているうちに、パジャマのボタンを外されているのに気づいた。

（――ま、待って！）

脱がなければならないのは頭でわかっていても心は裏腹。咄嗟に忍の手を摑んだが、やんわりと外され、片手で頭の上にひとまとめにされてしまった。

お風呂上りのためノーブラ。パジャマのボタンを外して前を開いたら、あとはカップつきのキャミソール一枚だ。

「し、忍さん……っ」

心許なくて思わず名前を呼んだら、忍はもう一度結月の唇を塞いだ。つい先ほどまでの荒々しさはなく、結月をあやすように優しく擦り合わせる。

「大丈夫だ」

結月の不安が伝わったのだろう。忍は吐息交じりにそう囁きながら、キャミソールの中に手を忍び込ませた。

軽く舌を絡ませてキスをしながら、指先が素肌を滑る。わずか先にあるやわらかな丘を目指すかと思いきや、その直前でウエストラインへ戻っていく。

忍のあの美しい手に触れられているのだと思うだけで心拍は上昇し、呼吸は浅くなるいっぽう。そんなことを繰り返されているうちに、もどかしさが募っていく。なにをどうしてほしいのかわからないまま、体の奥で熱が溜まっていくのを感じていた。

大きな円を描くように動いていた手が、いよいよ膨らみに到達しそっと揉み上げる。

「ぁっ……」

小さな声がキスの合間に零れ落ちた。嬌声といかずとも、そこに隠された熱は明らか。後を引くような吐息は期待に満ちているようにも聞こえた。

形が変わるほどに強く揉んだかと思えば、膨らみをやわらかく包み込む。そうされているうちに、その中心に神経が集まっていく。

とても歯痒くて、じれったい。

無意識に胸を突き出すようにしたそのとき、指先が尖端をかすめた。

「——やっ」

思わず背筋がのけぞりキスが解ける。はじめての刺激に肌が震え、全身が火照っていく。

結月の反応に気を良くしたのか、忍が指の腹で突起を転がす。たちまち芯を持ちはじめ、さらに硬くしこっていくのが自分でもわかる。

忍は焦らすために胸に触れなかったのではなく、おそらく結月の準備ができるのを待っていたのだろう。

「これ、気持ちいい？」

忍に聞かれ、吐息を漏らしながら従順に頷く。

「結月は素直でかわいいな。すごくいい顔してる」

いったいどんな顔をしているのか自分では想像もつかないが、忍の〝かわいい〟が結月の体にさらに火をつける。尖端をくにくにといたぶられ、出したことのない甘い声が結月の唇から零れた。

「あぁんっ」

その声に自分で驚いて、急いで口を覆う。

「なに、どうした」

「……恥ずかしい」

なんて声を出してしまったのか。

「かわいい声なんだから恥ずかしがる必要はない」

「いやらしいって……思いませんか？」

それだけが心配だ。未経験だとはっきり伝えてはいないが、きっと忍は気づいているはず。経験もないくせに触られて気持ちがいいなんて、はしたないと思われないだろうか。

「俺の腕の中でいやらしくなるのは大歓迎」

忍は口元に笑みを浮かべたかと思ったら、結月のキャミソールを一気に捲り上げた。

「キャッ」

反射的に両手で胸を覆ったが、忍にあっさり外される。彼の前に胸をさらけ出してしまい、とてつもなく恥ずかしい。代わりに手で顔を隠す以外になかった。

「綺麗なんだから隠すな」

お世辞だとわかっているが、そう言われると余計に悩ましい。

「ほら、かわいい顔も見せて」

顔を覆っていた手もどかされた。

間近で見つめる忍の瞳が優しくて、それでいて艶めいていて、胸がトクンと高鳴る。

「……忍さん」

自分でも驚くほど甘えた声で呼んでしまった。

そう呼んだ途端、胸の奥から愛しい想いがいきなり込み上げてきて戸惑う。チリチリと焼けつくような、それでいて切なくなるような複雑な想いだった。

この感情の名前を結月は知っている。

(私、忍さんのこと……好き)

突如として自覚させられた。

瞬きをする間に結婚が決まり、気持ちのない状態からスタートしたふたりだが、度重なる忍の優しさに触れ、真摯に仕事をする姿を見て、結月の中で少しずつ恋心が育っていたのかもしれない。

忍が一瞬だけ困惑したような表情を浮かべたのは、結月の気持ちを感じ取ったからなのか。政略結婚に愛は必要ないのに、と。

「……参ったな」

そのひと言に忍のすべてが集約されている気がした。忍を困らせるつもりはなかったのに。胸がヒリヒリと痛い。

「今夜の俺はどうもダメだ」

なにがどうダメなのか。

「結月、優しくするつもりだけど、加減ができなかったらごめん」

「大丈夫です」

優しくても、加減ができなくても、今の結月にはどちらの忍も特別だ。

忍は結月の唇にチュッと音を立ててキスを落とし、そのまま胸元に顔をうずめる。両方の胸を下から持ち上げ、突起に舌を這わせた。

「ぁんっ……！」

肉厚でぬるりとした感触は指先とは全く違ううえ熱い。そのまま舌で転がされ、背筋に電流が走ったようになる。

左右交互に舐られ、空いているときには指の腹で執拗に転がされた。

「ああっ、んん……忍さ……」

いつの間にかパジャマの上着もキャミソールも脱がされ、上半身は裸。触られているのは胸だけなのに、全身が熱くてたまらない。体の中心がじんじん痺れてもどかしさが募っていく。

それを発散したくて足でシーツを引っ掻くようにするが、そうしたところで体は焦れるいっぽうだ。

「つらくなってきたか？」

胸元から顔を上げた彼に潤んだ目で〝うん〟と訴えると、忍はかすかに笑みを浮かべて体を起こした。

このつらさを解放する術があるのなら、早くそうしてほしい。

忍の手が結月のパジャマのズボンにかかり、一気に足首から引き抜く。ショーツ一枚になってしまったが、今さらそれを恥ずかしいと思わない自分が不思議だった。それよりも体の奥で疼く、正体不明の熱をどうにかしてほしい。

「今、楽にしてやるから」

忍は結月の足の付け根に手を伸ばした。

「やっ、待って」

これまで誰にも晒したことのない秘めた場所のため、さすがに羞恥が顔を出す。咄嗟に股の部分を手で隠したが、そんなものは抵抗にもならない。

「待ってって、このままじゃつらいだろう」

忍はやんわりと結月の手をどけ、ショーツの上から割れ目をそっとなぞった。

「やーっ！」

これまでにない快感が結月の体を貫き、腰が弾む。楽になるどころか、かえってじくじくしてくるのはなぜ。

忍はショーツをずらし、脇から指を滑り込ませた。

「あっ、ダメ……！」

ぬるりとした感触を覚え、顔がカーッと熱くなる。経験はなくてもセックスがどういうものかは知っているし、忍の触れた箇所がどんな場所なのかもわかっている。

恥ずかしさから体をよじって逃げようとしたが、所詮は無駄な抵抗。割れ目に沿って指が動き、腰がぴくんと跳ねる。

「い、いやっ、待って、恥ずかしいっ」

「恥ずかしがらなくて大丈夫」

「でもっ」

「素直に感じて」

あやすような囁き声とともに結月の唇に落ちてくるキスが、ついては離れ、離れてはつきを繰り返す。いつの間にか舌先が触れ合い、絡め合わせる頃、恥ずかしさで強張っていた体から力が抜けていた。

キスをしている間、結月の秘裂でおとなしくしていた彼の指先が再び動き、花園の入口を擦りはじめる。閉じられていた花びらを押し広げ、浅い部分を何度も行き来した。

「よく濡れてる」

「濡れてるって……」

「結月が感じてる証拠だ」

先ほどから指の動きがやけにスムーズなのは、そういう訳だったのかと妙に納得する。体の奥のほうからなにかがとろりと溢れる感覚が、キスをしているうちから何度となくあったのだ。

まだ誰の侵入も許したことのない秘めた場所は、忍の指先を歓迎するかのように芳醇な蜜を溢れさせていた。

キスを解いた忍が胸の頂を舌で弾く。

「ぁっ！」

不意を突かれたため、背筋が反る。おかげで余計に忍に胸を突き出す格好になり、やわらかな乳輪ごと彼の唇に咥えられた。すっかりしこった尖端を舌で転がされ、指先は潤んだ蜜海を自在に泳ぐ。

花びらのある浅瀬を擦っているだけだった指が、その上のほうにひっそりと息づく小さな蕾を不意に弾いた。

「や、やぁっ……！」

これまでになく腰が跳ね、未知の感覚が体を痺れさせる。まるで電流が全身を貫いたかのよう。

「ここ、気持ちいいだろう」

唇を噛みしめながらコクコクと頷く。

（私、いったいどうなっちゃうの……）

自分がこんなにもいやらしさを求める人間だとは知らなかった。

「……結月の素直さは凶器だな」

忍がため息交じりに呟くが、その意味を考えている余裕は結月にない。

忍の指先は艶めいた珠をカリカリと引っ掻くように擦り、さらなる刺激を与え続ける。胸の尖りを口に含んだまま、前後左右にくにくにと弄ぶ。どちらに意識を持っていったらいいのかわからず、結月はいやいやをするかのように顔を振ることしかできない。

「ね、忍さんっ、も、やめて……お願いっ」

甘く重い疼きがどんどん溜まっていく。それをどう発散させたらいいのかわからず、もどかしさが募るばかり。

「つらいだろ？　一度イッたほうがいい」

「イクッて……？　どうやって……んっぁ」

それがどういうものなのか知識としては持っているが、当然ながら経験したことはないし感覚的にわからない。

「素直に感じ続けていればいいんだ」

忍の攻めの手がスピードを上げる。先ほどよりも速く花芽を擦られ、下半身に重く漂っていたじくじくとした感覚が一気にせり上がってきた。それが大きく膨れ上がり、今にも弾けるのではないのかと鼓動まで速まっていく。

「あっ、……や、ダメっ、忍さん……！　おかしくなっちゃ……う、から……っ」

なにがダメなのか、もはや結月にはわからなくなっていた。

全身が戦慄き、容赦なく疼きが襲ってくる。はじめての官能の愉悦に狼狽えることしかできない。

「大丈夫だから、そのまま感じ続けて。怖がることはない」

忍の言葉が、結月のブレーキを緩める。彼のパジャマをギュッと握り、忍から与えられる甘やかな、それでいて官能的な刺激の波に素直に乗った。

その直後、体の中心に全神経が集まり――。

「あぁっ、や、ぁあン……ああっ――！」

頭の中で真っ白な光が弾け飛び、体がピンと突っ張る。ふわりと浮かせた腰は、ガクンと崩れるようにベッドに落ちた。

まだ浮いているような感覚と秘裂に残る余韻が、結月の呼吸を荒げる。体の中心は未だヒクつき、頭はぼんやりしている。

胸を上下させ、はじめて迎えた絶頂後の浮遊感に身を委ねていたら、再び彼の指が蠢きはじめた。

「待って……っ」

思わず手を伸ばして彼を制する。しかし達した直後で力の入らない結月では、制止に至るはずもない。あっさりと手をよけられ、泥濘を指がぬらりと滑る。

「これで終わりと思ってる？　まだこれからだ」

　これで行為が終わりとは思ってはいないが、神経が剥き出しになったままで触れられたらひとたまりもない。

「痛い思いをさせたくないから、よく解さないとならない」

　そう言うや否や、彼の指が結月の蜜壺にゆっくりと侵入してくる。

「ぁ……ん……」

「痛いか？」

　ふるふると首を横に振る。痛さはまったくないが、異物を受け入れる怖さはある。

　結月が恐怖を感じているのに気づいたのか、忍は「怖くないよ」と耳元で囁き、耳朶を食んだ。

　それと同時に、つい今しがた強烈な刺激に屈した花芯を親指の腹で擦る。

「やっ！　あぁ……んっ、はぁ……」

　蜜壺に挿入された指からそちらに神経を持っていかれ、すぐに気持ちよさが再来した。

「やっぱりこっちのほうが気持ちいいよな。ちょっと待ってて」

　忍は結月の唇にキスをひとつ落とし、彼女の下半身のほうへ移動していく。

「……忍さん？」

　彼が離れた心細さから、つい甘えた声で呼びかける。すると忍は困ったような顔をしながら、「心配しなくても、ここにいる」と結月の両腿を抱え込み、下腹部に顔をうずめた。

「いやっ、忍さん、やめて！　汚いから！」

急いで手で隠そうとするが、これまでのごとく簡単に外される。自分ですら見たことのない場所を彼の目の前に晒し、さらなる恥ずかしさが込み上げた。

「汚くなんかない。結月はどこもかしこも綺麗だよ。ここなんて夜露に濡れた花みたいだ」

「そんなことないです……！」

秘めてきた場所だけに、褒め言葉が気恥ずかしい。特に〝濡れた〟という言葉が必要以上に官能的に聞こえるから性質が悪い。おかげで見られているだけで、奥のほうからこぽりとあたたかいものが溢れてしまった。

こともあろうか、忍はそれをジュルッと音を立てて吸う。

「忍さんっ、やだ、やめて」

「そう言われてもやめられない」

クスッと笑い、忍はそのまま艶めいた秘珠をぺろりと舐め上げた。

「んんっ」

指とは違う肉厚の感触に身悶える。秘裂を下から上へじっとりと舐め上げられ、足が小刻みに震える。花芽を小刻みに舌でいじられ、蜜窟に指がつぷりと沈んだかと思えば、中を広げるようにグイ、グイと指の腹で蜜壁を押された。

「あぁっ、そんなにしちゃ……いやっ」

つい先ほどと同じ感覚がせり上がってくる。じりじりと下半身に疼きが溜まり、それが今にも爆発しそうになる。

ゆっくりと抽送を繰り返す指先の動きが気にならないほど、ぷっくりと膨れ上がった蕾を重点的に攻められた。

いったいどこに向かっているのかわからないが、突き上げる快楽がどんどん膨れ、上り詰めていく。

「忍さ……あっ、ぁ……ああ、また……やっんん、ああー！」

それは瞬く間だった。パチンとなにかが弾けるような感覚と、目の奥にチカチカと閃光が走って消えていった。

腰から下に力が入らず、脱力したように体を投げ出す。

「上手にイケたね。そろそろ俺も……我慢の限界だ」

絡み合った忍の視線が、ものすごく熱い。本当につらそうな声は情欲にまみれ、結月の胸をきゅっと締めつけた。

体を起こし、忍が下着ごとパジャマを一気に脱ぎ捨てる。真ん中に屹立する男の象徴を目の当たりにして、結月は息を呑んだ。

（あんなものが入るの……？）

忍は結月の顔の両脇に肘を突いて覆いかぶさり、しっとりとした眼差しで見下ろす。目眩を覚えそうなほどの艶めいた視線だった。

「あの、忍さん……私じつは、こういうことははじめてで……」

この期に及んでなにを告白しているのかと自分でも思うが、黙ったままではいられない。未経験のせいで彼に不快な思いをさせるかもしれないからだ。

「わかってる」

「……そう、なんですか」

「初心な反応を見てれば気づくよ」

そういえば忍は、『痛い思いをさせたくないから、よく解さないとならない』と言っていたが、それはまさに処女を相手にしているからこその言葉だったわけだ。結月が痛くないよう準備を整えてくれたのだ。

やはり忍は冷酷なんかではない。優しい人間だ。本当に冷たい人間だったら欲望を吐き出すだけで、愛情のない妻に対してそんな気遣いはしないだろう。

でも、処女では忍を満足させてあげられないかもしれない。

「ごめんなさい」

「なんで謝る？　俺は結月のはじめてをもらえてうれしいと思ってる」

「……え？」

「だから心配しないで全部俺に預けて」

忍のキスが降ってきた。とても優しくて胸がじんわりとあたたかくなる。

「痛くしないように努めるけど、痛かったら俺に噛みついてもいい」

「噛みついたりしません」

思わずふっと笑ったら、忍も目尻を下げた。

多少の痛みなら覚悟している。

「それじゃ俺のことだけを考えて。キスにだけ集中して。そうすればなにも怖くない」

忍は結月の唇を優しく食み、隙間から舌を挿入してきた。ぐるりと口腔内を舐め回しているうちに足を開かれ、下腹部に熱くて硬いものが押し当てられる。一瞬腰を引きそうになったが、なんとか堪えて忍にしがみついた。

隘路を強く押し広げながら途方もない圧迫感が入り込んでくる。

「んんッ……」

痛みを耐えて漏れる吐息は、すべて忍の唇にさらわれた。舌をしごかれ、貪られた唇からふたりの唾液が混ざり合って垂れていく。

その間にもじわりじわりと塊は突き進むが、忍がくれるキスの気持ちよさが痛みを和らげていた。口腔内をなぶられるのに連動して、不思議と下腹部が疼いてくる。

「ん、ふぅ……ぁ……」

苦しいのに気持ちがいい。引き攣れるような痛みはあるものの、花筒は決して拒んではおらず、逆に彼をさらに奥へ導くように蠢いているのがわかる。

キスに集中していたはずの意識が、忍を迎え入れた入口に向く。自然と唇は解け、間近で忍が微笑んだ。

「……入ったよ、俺の全部」

「ほんと……に……？」

「結月の中、あったかくてすごく……気持ちがいい」

吐息交じりの声がやけにセクシーで胸が震える。

「痛くないか？」

「少しだけ痛かったけど……今は平気です。……私の中が忍さんでいっぱいでうれしい」

忍はクスンと鼻を鳴らし、何度目かの困り顔をした。

「ほんと結月は……」

呆れるような言い方なのに愛しさが溢れているように聞こえるのは、結月の勘違いなのか。

「少しずつ動くぞ。いいか？」

「はい」

忍は体を起こし、ゆっくりと腰を揺らしはじめた。結月を気遣っているのが、優しい動きからもよくわかる。何度も「痛くない？」と聞きながら、律動が徐々に深くなっていく。

「あ……ハァ、ぁ……」

引き攣ったような痛みは次第に気にならないほどになる。それよりも忍と繋がっている事実が、結月を幸せな気持ちにさせていた。

「大丈夫みたいだな」

「はい……ン、あ……」

お腹のずっと奥のほうが甘く痺れて、それが全身に広がっていくよう。

普通の夫婦とは違い、今のふたりの間には結月の一方通行の恋心しかない。しかし、こうして体を重ね、何年もともに過ごしていくうちに、愛と違っていても夫婦に近い絆は生まれるはず。そう信じているし、信じたい。

忍の両手が結月の胸の膨らみに伸びてきた。両方の尖りを指先で摘まれ、転がされ、上半身が悶えて動く。

「やんっ……そんな……ダメ……ぁ……」

「結月……かわいくて堪らないよ、ほんと」

忍がそれまで緩やかに動かしていた腰をズンと結月に押しつけたため、彼の滾った熱杭が最奥を突く。

「いやっ、それ……っゥン……あぁ」

痛みなどもうどこにもない。彼の塊から与えられる刺激が甘い官能を引き連れてやって来た。

結月の反応で動きを強めても平気だと悟ったか、忍の腰つきが大きくなっていく。時折ぐるんと蜜窟を掻き回すように腰を動かされ、違った角度であたるのがなんともいえず気持ちがいい。

「しの、ぶ……さんっ、あぁっ……そんなにしちゃ……ダメぇ……！」

繋がっている部分で快感が大きく膨らんでくる。グラインドさせるように動く拍子に花芯をわずかにかすめていくのもたまらない。

結月は急速に大きくせり上がってくる快感を発散させたくて、首を左右に振った。

「はじめてなのに上手に感じられてイイ子だな、結月は。よし、一緒にイこう。俺も結月のそんな姿を見せられて……もう限界だ」

グチュグチュと音を立てていた結合部が、忍の動きが激しくなるにつれてパンパンという肌を打ちつける音に変わっていく。

そんな淫らな音を立てているのが自分だと思うと、余計に感情が昂り官能が深まる。

「あぁっ、忍……さん……ぁっ、う、んん……もうほんと、に……っ」

忍は起こしていた上体を倒し、結月を強く抱きしめた。忍の剛直が蜜を溢れさせる花壺に激しく出し挿れされる。隙間もないほど抱き合い、深く繋がり、ふたり一緒に愉悦の極みを目指して上り詰めた。

「もう、……ぅ……ぁあっあ、あ、あああ！」

これまで迎えたどの絶頂よりも強い恍惚感に襲われる。それは、思わず忍の背中に爪を立てるほどで、限界まで膨らんだ快感がパンと音を立てて弾ける感覚だった。

「ゆづ、きっ……一生大事にするから……っく」

同時に極限に達した忍からは、悩ましげな呻き声が漏れる。ぐっと強く腰を押しつけられ、収縮した結月の媚肉が彼を締めつけた。

「しの、ぶさ……ん」

法悦の彼方を漂いながら、脱力した彼の背中に腕を回して切れ切れに名前を呼ぶ。

「結月は俺だけのものだ。誰にも渡さない……」

愛情ともとれる発言を遠くなりそうな意識の狭間で聞きながら、でも違うと思考が否定する。

この行為は夫婦だからこその情事。忍は、結月が妻だから抱いているだけ。

愛されていると錯覚しそうになる心をなんとか鎮めながら、結月は遠くなっていく意識を切なさの向こうでそっと手放した。

すれ違いの恋心

「結月さん、なにか調べものですか？」

　休憩室でお弁当を広げていた結月は百々に突然声をかけられ、咄嗟に手にしていたスマートフォンを裏返しにしてテーブルに置いた。

「百々ちゃん、驚かさないで」

「驚かせたつもりはないですよー？　スマホを真剣な顔して見てたから、どうしたのかなと思って」

「あ、ううん……明日のお天気はどうかなって」

　本当はべつの調べものをしていたが、取り繕って答える。

「明日は晴れですよ。五月に入ったし気持ちのいい日が続きますよね。だけど最近の結月さん、なんか様子がヘン」

　百々は結月の前に陣取り、小さな手提げバッグの中から出したお弁当箱を広げた。色とりどりのおかずが詰められておいしそうだ。

「ヘン？　そう、かな」

「思いつめたような顔をしてみたり、今みたいにじっとスマホを眺めていたり。なにかあったんですか？」

「う、ううん、なにもないよ」

結月は、嘘をつくのは正直苦手だ。今も自分でもおかしなくらい目が泳いで焦ったが、百々の目はタイミングよくお弁当に向いていたため気づかれずに済んだ。

忍と一緒に暮らすようになって一ヶ月。初夜までは順調に関係性が進んでいたように思う。お互いに歩み寄り、政略的ではあっても夫婦としての第一歩を踏み出したかのように見えた。

ところが――。

忍は最初の夜に結月を抱いて以降、指一本触れなくなった。あるのは挨拶程度の軽いキスだけ。それ以上の行為に及ばないのだ。

それだけではない。忍は毎晩、書斎に置かれたベッドに寝ている。そもそもその使い道は、遅くまで仕事をしたときにあとから寝室に入った忍が、結月を起こしてしまうのを避けるためだった。それなのに夫婦の寝室で忍が結月と一緒に寝たのは、初夜のひと晩だけなのだ。

いくら恋愛未経験の結月でも、その理由は容易にわかる。忍は、結婚したからには一度くらい妻を抱かなくてはならないと考えて初夜に臨んだのだろう。そこにあるのは義務感だ。

そしてもうひとつ。処女の結月では、彼を満足させられなかったに違いない。

冷たくされているわけではないし、忍は同居後もなにかにつけてプレゼントをくれる。でもそれが、どうしても罪滅ぼしのように思えてならない。結月の一方的な恋心だけ募り、想いは行き場のないまま。

最初から気持ちの伴わない結婚だと理解していたのに、忍を好きな気持ちがその覚悟を揺さぶり、胸をチクチクと痛めつける。

（どれだけ好きになったら……あとどのくらい時間が経ったら、どうがんばったら忍さんは私を好きになってくれるのかな……）

そんなことを考えて毎日が過ぎていく。暇さえあれば〝政略結婚〟〝セックスレス〟といったキーワードでネットサーフィンをしていた。

結局のところ夫婦は人それぞれで、結論はなにひとつ見つからないのが現状だ。

「なんでもないならいいんですけど。あっ、今日のお弁当もおいしそうですね！」

百々が屈託のない笑顔で結月の弁当箱を覗く。ネットリサーチに夢中になっていたためほとんど手をつけていないが、今朝は結月お手製だ。

結婚してから週に三回、矢神家で働いている家政婦が掃除や食事を作りにきてくれているが、さすがにお弁当を作ってもらうのは申し訳ない。忍の分も必要なら話はべつだが、彼は外で食べることが多いため持参しない。結月の分だけを矢神家の家政婦に作らせるのは、さすがに気が引ける。

「でも結月さん、のんびりしてる時間はないんじゃないですか？」

「あ、そうよね。急いで食べて準備しなくちゃ」

今日も新リゾート開発に関する打ち合わせが午後から入っており、忍たちプレジールの面々が来る予定になっている。ミーティングルームのセッティングをしなければならない。

「やっぱりおかしい。大事な打ち合わせを忘れてネットサーフィンなんて結月さんらしくないですもん」

百々は納得がいかない様子でから揚げを口に運んだ。

結月も急いで箸を進め、お茶で流し込む。慌てて食べたため、どこに入ったのかわからない感覚だった。


まだ食べ終わらない百々と休憩室で別れ、ミーティングルームへ向かう。ドアを開けると、京也がテーブルをコの字型に並べているところだった。

「京也さん、ごめんね、遅くなりました」

ふたりきりだと、ついいつもの呼び方になる。

「ミーティング、忘れてるのかと思ったよ」

「忘れません」

ただちょっとお昼の時間が押しただけだと言い訳をする。キャスター付きのテーブルを運び、京也に倣って準備をする。

あれから開発用地の場所も決定し、軽井沢にリゾートを建設する計画が着々と進みはじめた。初日に忍から手厳しい洗礼を浴びた久我山旅館陣営は、二度と恥ずかしい思いをしないよう一丸となってプロジェクトにあたっている。これまでもチームワークはよかったが、それ以上の団結である。

プロジェクターとスクリーンの設置を済ませ、セッティング完了だ。

「じゃ、私もノートパソコン持ってくるね」

「あ、結月、ちょっと待って」

ドアに手を掛けたところで京也に呼び止められる。

「これ、さっき会食した取引先から手土産だってさ。あとでみんなで食べるといいよ」

京也はコーナーテーブルに置いていた紙袋を結月に手渡した。

「わぁ、光風堂の和菓子だ。うれしい」

「結月、そこの菓子大好きだもんな」

「うん、大好き。京也さんは？」

「俺も好きだよ」

事業統括部のみんなも喜ぶだろう。夫婦生活のことで悩ましかった心が軽くなる。

ウキウキしながらドアを開けた結月は、ハッと驚かされた。そこに忍が立っていたのだ。少し先にはこちらに向かって歩いてくるプレジール側のプロジェクトメンバーの姿が見える。忍だけひと足先にミーティングルーム前に到着していたようだが、なぜか久我山旅館側の人間が誰も先導していない。

「すみません、うちの者は……？」

「鍵を取ってくると言って戻ったが」

結月たちが中で準備していることに気づかなかったようだ。伝達の不備を晒して肩身が狭い。

「すみませんでした。中へどうぞ」

にこやかに微笑みかけたが、忍の表情はなぜか硬い。眉根を寄せ、どことなく険しい表情だ。

（忍さん、どうかしたのかな）

とはいえ仕事で来ているのだから真顔で当然だろう。忍は仕事とプライベートをしっかり分けるタイプだから、オンオフの切り替えも巧みだ。

なにか言いたそうな忍は口を噤んだまま結月をじっと見つめ、続けて京也に目を向けた。その眼差しに冷ややかなものを感じて、結月のほうがドキッとする。

不可解に思いつつ、部屋の前に到着したプレジールのほかのメンバーと挨拶を交わした。

「ほら、結月、早く準備してこないと」

京也に小声で急かされ、一行を中に案内してから事業統括部に戻った。

ミーティングは滞りなく進行し、今回はメンバーそれぞれの担当を振り分けることに重点が置かれた。回を重ねるごとに、ひとつのものを創り上げていく一体感が生まれているように感じているのは結月だけではないはずだ。一回目とは明らかに違うムードが、実りのある仕事をしている実感をもたらしていた。

その夜。夕食を済ませた結月は、書斎にこもった忍にお茶を淹れようと思い立った。

以前、忍からもらったロシアンティーは、あれからすっかり結月のお気に入り。このところの定番である。

もしも仕事や彼の邪魔にならないようだったら話ができたらいいなと期待を込め、ふたり分のティーカップをトレーにのせる。少しずつでいいから忍との距離を縮めていきたい。結月と同じように忍にも好きになってほしいという贅沢は言わないが、そのチャンスはほしい。

ところが、いざ部屋のドアをノックしようとしたら、中から話し声が聞こえてきた。

(誰かと仕事の電話でもしてるのかな?)

立ち聞きするつもりはないが、合間を見計らって入ろうかと耳をそばだてる。すると、思いがけないやり取りが聞こえてきた。

「悪いが、もうむやみに会えない」

どこか切なそうに聞こえる声だった。ドキッとして落としそうになったトレーを慌てて摑みなおす。

（……会えないって、誰と話してるの？）

それ以上は聞かないほうがいいと第六感が警告を発する。それとは裏腹に足は動かず、全神経が耳に集中。嫌な予感に鼓動が速まっていく。

そして次の瞬間、聞いてはならない言葉が結月の耳を貫いた。

「七海《ななみ》？　聞いてるか？　……だからダメだ、絶対来るな。わかったな」

名前の響きから、相手が女性なのは明らか。もう会えないと、その女性を諭している。ふたつの状況から考えられるのは、ただひとつ。

（——忍さん、ほかに好きな女性がいたんだ）

だから初夜以降、結月を抱こうとしないのだろう。どうしてなのかさんざん悩んだが、妙に腑に落ちてしまった。

忍ほどのハイスペックな男性に女性の影がないほうがおかしい。この結婚はあくまでもホテルのためだとわかっていたのに、現実を突きつけられて動揺せずにはいられなかった。

音を立てないように静かに踵を返す。手が震えて、トレーにのせたカップの中で紅茶がゆらゆらと波を打っていた。

まるで結月の心そのもの。揺れて惑い、どうにも収拾がつかない。

（忍さんに好きな人が……）

もしかしたらそうかもしれないと考えたこともあったが、その事実を前にして狼狽える。ナイフで刺されたように胸が痛い。

（どうしよう……）

彼の心が結月に向かないのは覚悟の上だったのに、どうしようもなく募った恋心が結月を苦しめる。想いが行き場を失くして悲鳴を上げた。

その夜、結月が眠れたのは明け方近くになってからだった。

週末、結月は久しぶりに実家へやって来た。忍と同居をスタートさせて以来だから、約一ヶ月ぶりになる。

梨々花は友人と出かけたようで、両親と結月の三人が集まっている。

恭子の手料理が並んだテーブルは、昼食だというのに牛フィレ肉のパイ包みや魚介をふんだんに使ったパエリアなどとても豪華だ。結月が帰ってくると聞き、恵子とふたりで腕をふるったという。

「忍さんとの結婚生活はどう？」

恵子が早速ストレートに尋ねてくる。にこやかな顔なのは、うまくいっているに違いないという希望的観測からくるものだろう。

「……あ、うん、大丈夫」

つい返事がワンテンポ遅れたのは、一昨日、忍の電話を立ち聞きしてしまったからだ。

「本当に？　顔色があまりよくないんじゃない？　あ、もしかしておめでたなのかしら！」

「なに!?　おめでた!?」

想像力豊かな恵子の発言に真っ先に反応したのは剛だった。恵子の隣で真ん丸に剝いた目は、少しだけ血走っているようにも見える。

「お父様もお母様も早まらないで。赤ちゃんなんてできてないから」

忍との情事は初夜の一度きり。そんな兆候はないし、その日はいわゆる危険日ではなかったから妊娠するはずがない。

「まったく恵子は早とちりなんだからな」

「あら、だって結婚したんだもの、赤ちゃんができてもおかしくないでしょう？」

悪気のない言葉だとわかっていても胸がちくんと痛む。恵子はごく普通の話題を振っただけ。でも結月たちは、その普通とは少し違う。

「まぁそれはそうだがな」

剛はどこか面白くなさそうに腕組みをしてフンと鼻を鳴らした。

大事な娘を嫁にやったものの、妊娠という事態は素直に認めたくない部分があるのだろう。相手が矢神の人間だからなおさらだ。

「でも結月、なんだか元気がないじゃない？」

さすがに母親の目は欺けないらしい。自然に振る舞っているつもりなのに、目ざとく気づかれてしまった。

「元気だよ、元気」

オーバーに明るく言いつつ、両腕で力こぶを作る真似をする。

「そう？　それならいいんだけど。なにかあったときにはちゃんと話すのよ？」

「そうだぞ？　結月」

「ありがとう」

ふたりに微笑みかけながらパエリアを頬張る。

「おいしい！」

「そう？　よかったわ。デザートに結月の大好きな占いしるこもあるわよ」

「ほんとに？　うれしいな」

そう答える裏で、忍と食べたときのことを思い出した。あの夜、確かにハートのゼリーが溶け出したのに、ふたりの恋愛運は低迷中。上を向く兆しすら見えなくなった。

（忍さんにほかに好きな女性がいるのなら、私や久我山旅館から解放してあげたほうがいいのかも……）

ふと、そんなことが頭を過る。

この結婚は忍の提案だった。でもそれは、プレジールの輝かしい未来を願ったから。その未来が揺るぎないものだと約束されれば、ふたりの間に婚姻関係の持続は必要ない。

「お父様、お母様、もしもの話なんだけど」

明るめの口調で、あくまでも仮定だと強調する。ふたりには深刻に捉えてほしくない。

「ん？　もしもどうしたの？」

恵子がわずかに首を傾ける。

「……もしも私たちが離婚する場合、プレジールとの業務提携はどうなるの？」

ふたりは目を点にさせ、その後激しくまばたきを繰り返した。仮定とはいえ刺激が強すぎたか。

「離婚って、結月」

「まさか、あの男になにかひどいことをされたのか!?　やっぱり冷酷な男だったのか！」

剛がガタンと椅子を鳴らす。

「違うの、そうじゃなくて」

「それならなんでそんな話をするんだ」

息を巻いて興奮しはじめた剛を宥めようとしたが、激しく詰め寄る。こめかみには血管が浮き、テーブルに身を乗り出した。

「ごめんなさい。ただ疑問に思っただけなの」

予想以上の反応だったため、慌てて謝る。言わなければよかったと後悔した。

「結月にひどい仕打ちをして離婚になるのなら、そりゃあただでおくわけがなかろう？　プレジールなんてくそくらえだ」

「ちょっと剛さん、落ち着いてください。結月はたとえ話をしているだけですから」

「そうなの、お父様。ごめんね、驚かせて。政略結婚の場合はどうなるのかなって思っただけだから」

　精いっぱいの笑みを浮かべ、そんな事態になりはしないとアピールする。

「それにしたって離婚なんて穏やかじゃないだろう」

　剛は不満そうに唇を真一文字に結び、眉根を寄せた。まだ納得がいかないようにも見えたが、この話はもうやめよう。

「そうよね。本当にごめんなさい。今のは気にしないで。さてと、パイ包みはどうかなー？」

　取り皿に分けてもらったパイを口に運び、話を逸らす。

「んー！　これもおいしい！」

「でしょう？　たくさん作ったから好きなだけ食べていいのよ」

　恵子が大皿を結月のほうに近づける。それにも笑顔で「うれしい」と返し、深刻になりかけた話を打ち消した。

（やっぱり離婚なんて難しいよね）

　結月の結婚には久我山旅館の未来がかかっている。共同でリゾート開発が進んでいればなおさら。ふたりの気持ちだけではどうにもならないのが政略結婚なのだから。

たとえ体の関係がなくても、忍のそばにいられればそれだけでいい。

そのいっぽうでほかに好きな女性がいる彼にとっては、つらい結婚生活だろう。そう思うと、結月は胸が苦しくて堪らなかった。

＊＊＊＊＊

久我山との打ち合わせからプレジール本社に戻ってきた忍は、リゾート計画の進捗状況について念入りな確認をしていた。

候補用地から選ばれた軽井沢は自然保護に努め、面積の半分ほどが国立・国定公園の中にある。四季を通じて休養地として名高く、洗練された雰囲気や自然豊かな環境、おしゃれな観光スポットなどで多くの人を魅了している。

久我山との共同開発の第一弾にふさわしい土地と言えるだろう。

パソコン画面に熱心に見入っていた忍だが、つい先ほどまでいた久我山本社でのことがふと頭を過った。

結月は、上條京也と結婚したかったのではないか。

これまでにもふたりの関係を疑うことは何度となくあった。約一年前に出会ったときからそう。

あの男といるときの結月は、心からうれしそうな顔をする。忍に向ける笑顔は義務感からくるものであって、彼に対しては別物。次元の違う笑顔に見える。

初顔合わせ以降も、結月との会話で頻繁に彼の名前を聞くにつけ、そんな考えがちらちらと頭をかすめていた。

結月は密かに想いを募らせていたのではないか。

政略結婚の話が持ち上がり、やむを得ず忍と結婚した。それは、初顔合わせのときに彼女が『旅館のため』と言っていた言葉からも明白だ。忍自身、それを覚悟のうえで彼女と結婚した。

少しずつ好きになってもらえばいい。彼女の気持ちが自分に向くまでは、ゆっくり待とう。

そう考えていた忍だったが、迎えた新婚初夜、あの男からの電話を無理やり切らせ、本能の赴くままに結月を抱くという失態を犯した。

結月が抵抗しなかったのは、形だけとはいえ夫婦だからだ。断るに断れない。実家の旅館のためという意識が働いたのだろう。

それ以降彼女を抱かずにいるのは、嫉妬に駆られ、欲望に流されて体を重ねるようなことはやめようと誓ったためである。

ところが今日、決定的なことが起こった。

打ち合わせ会場のドアを開けようとしたところで、聞き捨てならない会話を耳にしたのだ。それは結月と京也が、お互いに好きだと告白しているものだった。

デスクに両肘を突いて顔を覆い、深いため息を漏らす。

するとそこで副社長室のドアがノックされ、秘書の上村大吾が現れた。

「副社長、いかがなされましたか？　顔色が優れませんが」

彼は超がつくほど生真面目で、折り目正しさでいったら右に出る者はいないような男である。

そういった面は身だしなみにも如実に表れており、整髪料できっちりまとめた髪は、毎朝定規で計測しているのではないかと疑うくらいに分け目が正確。風速十メートル程度なら髪は一本も乱れないほど。

柔和な目で時折浮かべる笑顔も、口角の上げ下げから目尻の皺まで、計算しつくされたような動きを見せるから、たまにアンドロイドではないかと思うときがある。

仕事中でも時間が許せば、スーツにできた皺をハンディアイロンで伸ばしてしまうほど几帳面で、頭のてっぺんから足の先までいっさい気を抜かない男である。

そしてそれは仕事面においても言える。秘書という位置づけにいながら、彼のリサーチ力は専門部署の上をいく。

数年前の久我山旅館とのホテル用地の争奪でも、上村の素早いリサーチが獲得の勝因だった。

「いや、上村の気のせいだろう。極めて絶好調だ」

そう言って自分自身も誤魔化そうという魂胆だ。

「コーヒーをお淹れしましたが、いかがでしょうか」

「それはうれしいね。ありがとう」

上村はコトッと小さな音を立ててコーヒーカップを忍のデスクに置いた。

「ご結婚されてから生活が変わって、いろいろとおありなのでしょうね」

絶好調だと言っているにもかかわらず、忍の心の中を見透かすようだ。あくまでも柔和な笑みを浮かべているが、油断ならない男だ。

「しかし副社長が奥様へ向ける眼差しは、仕事では決して見られないものですよね」

「なんだ、いきなり」

口に含んだコーヒーを吹き出しそうになる。素顔を暴かれたようで柄にもなく動揺した。

上村は久我山との打ち合わせにも同行しているため、結月と面識がある。

「冷酷な男だと言われているのが嘘のようですよ」

「その形容には俺にも不満があるぞ。真剣に仕事に取り組んでいるだけで冷酷と言われるのだから、ほかの人間はよっぽど適当に仕事に向き合っているんだな」

仕事に妥協するのは忍のポリシーに反する。

「まぁ副社長ならそうおっしゃるだろうとは思っておりましたが」

上村は想定内だといった様子でクスッと笑う。忍の言動はお見通しと言いたいらしい。

「上村はどう思うんだ」

「そうですね。私も副社長に同意します」

「だろう?」

「ですが奥様への愛情も、仕事のように少々冷静になられてもよろしいのではないでしょうか。毎日のようにあれこれとプレゼントを物色されるお姿は、冷静さを欠いて……」

　上村がそこで言葉を止める。目を鋭くさせて見つめる忍の視線に気づき、ハッとしたように咳払いをして居住まいを正した。

「悪かったな、無様で」

「いえっ、決して無様などとは……。そ、そういえば大事な用事を忘れておりました。副社長、私はいったん失礼いたします」

　いかにも大変だという素振りをして、そそくさと急ぎ足で退散する。部屋には再び静寂が満ちた。

「冷静さを欠く、か」

　まさにそのとおりなのは、忍も自分でよくわかっていた。

　結月を相手にすると、どうも自分を見失いそうになる。プレゼント攻撃が最たる証だろう。恋愛のテクニックもなにもあったものじゃない。

　ひとりの女性にこんなにも手こずるのは予想外。なんとかして振り向かせたいと必死になる自分が滑稽すぎて笑えた。

　数日後の夕方、来客を一組終えたタイミングで、上村が副社長室に顔を覗かせた。

「副社長、桜田《さくらだ》様がお見えですがいかがいたしましょうか」

「なに？　七海が？」

なぜ会社にまで押しかけるのか。思わず不快感が顔に滲む。

「悪いが、外出中だと言って帰ってもらってくれ」

「やだ、なぁに？　外出なんてしてないのに追い返すなんてひどい」

七海本人が上村の脇を割って中に入ってきた。

受付で待たせているわけではなかったのか。そんな意味を込めて上村を厳しい目で見たら、彼は目礼で返してきた。

七海のことだから、受付も通さずに役員室が並ぶフロアまで強引にやって来たのだろう。上村の制止も聞かなかったに違いない。

「この前の電話でもずいぶん邪険にされたし、忍ってば冷たすぎる」

ラベンダーカラーのパンツスーツを着こなした七海は、まるで自分の部屋のようにソファに腰を下ろした。肩までのストレートの髪を掻き上げ長い足を組む。美人だが、目もとがきりっとしているためきつい印象を与えがちだ。

上村が〝お茶はどうしますか〟といったジェスチャーをしてよこしたが、忍は首を横にひと振りした。

桜田七海、ふたつ年下の幼馴染みである。

父親はサクラトリップという大手の旅行会社を経営しており、プレジールとの取引もある。そこで働く七海は旅行の企画を練るのが主な仕事で、海外へ飛ぶこともしょっちゅう。最近も長期に亘ってヨーロッパの各都市を回り、帰ってきたのは数日前だ。

「ここへは来るなと言ったはずだ」

忍は彼女のいるソファには移動せず、自分の執務デスクから淡々とした口調で言った。

「どうしてそんな冷たいこと言うの？　それに、大事な幼馴染みの私の留守中に結婚なんて、いったいどういう風の吹き回し？　お父様から聞いてびっくりしたじゃない」

七海が真っ赤な口紅を引いた唇を尖らせる。

「七海の了解を取らなきゃならないって？」

「ひと言相談くらいあってもよかったじゃない」

「悩んでもいないのに相談はないだろ」

「悩まない？　政略結婚なのに？」

七海はそんなはずはないだろうと組んだ足を外して揃え、忍のデスクのほうに身を乗り出した。

「私、忍はずっと結婚しないものだと思ってた。今まで上辺だけの恋愛って感じだったし。だから私……」

そう言って言い淀む。忍からいったん外した視線は宙を舞った。

「だからどうした」

言葉を止めた七海に聞き返すと、彼女が小さなため息をつく。

「……なんでもない。とにかく幼馴染みとして心外だって言いたかったの」

「それは悪かったな」

そこまで気に病んでいたのなら謝ったほうがいいだろう。忍は素直に謝罪し、立ち上がった。

ハンガーに掛けていたジャケットを羽織り、ドアのほうへ向かう。

「なに、どこかへお出かけ？」

ソファに座ったまま、七海が忍を目で追う。

「ああ。七海もそろそろ帰ってもらえるとありがたい」

「今来たばかりなんだけど？　ほんとつれないんだから」

渋々立ち上がった七海は、忍のあとに続いて副社長室を出た。

秘書室に控えていた上村にひと声かけ、エレベーターで階下へ向かう。

「それでどこへ行くの？　仕事が終わりなら食事でもどう？」

「妻帯者を食事に誘うな」

「妻帯者の前に、忍は私の幼馴染みでしょう？　奥さんと私、どっちのほうが長い付き合い？もう会わないなんて言わないでよ」

まったく話にならない。

忍はふっと短く息を吐き、一階に到着したエレベーターから先に降りた。

「ちょっと待って、忍。ねぇどこへ行くの？」

「七海には関係のない場所だ。帰れ」

そんな押し問答の末、結局七海は忍の車の助手席に強引に乗り込んだ。

＊＊＊＊＊

今日は家政婦が来ない日。夕食はなににしようかと考えながら、結月は仕事を終えて駅まで急いでいた。

結月も働いているため、家政婦が来ない日は外食でもデリバリーでもいいと忍に気遣われるが、できる部分は自分でやりたいと考えていた。帰宅が早ければ忍が一緒に作ることもあり、セックスレス問題を除けば表面上は幸せな新婚生活と言える。

（今夜はなににしようかな……。忍さん、遅いのかな）

そんなことを考えながら、街のショーウインドウを横目で見たときだった。

煌びやかな光が零れる窓の向こうに、忍らしき人物がいるのに気づき足を止める。そこは忍が普段、結月にプレゼントを買うジュエリーショップだった。

（もしかしてまたプレゼントを？）

だとしたら、必要ないと伝えようと一歩前へ踏み出したが、再びそこで足止めされる。忍はひとりではなかったのだ。隣には肩までのワンレンの髪の女性、結月とはタイプのまったく異なる美女が一緒だった。

ガラスケースを覗き込む忍に寄り添い、楽しそうにジュエリーを眺める姿は、まるで恋人同士。その様子だけで〝七海〟という女性だとピンときた。

立ち聞きした会話だけでは信ぴょう性がなかったが、女性の姿を目の当たりにして事実だと思い知る。やはり忍には、ほかに大切にしたい女性がいたのだ。ジュエリーを一緒に選ぶくらいだから、それなりに親密な仲なのは一目瞭然。特別な相手だ。

忍はその女性を愛しているのに、会社のために気持ちを押し殺して結月と結婚したのだろう。ことあるごとに結月にプレゼントするのは罪悪感からだったのかもしれない。

明らかになった真実を突きつけられ、結月は逃げるようにその場を後にした。


どこをどう歩いてきたのか、結月は気づけばマンションに帰っていた。ハッと我に返り、実家に行こうかと思い立つ。今夜はこのまま忍と顔を合わせる自信がなかった。

リビングのソファに一度置いたバッグを摑み、玄関へ向かったが、そこでふと考える。突然実家へ帰ったら、この前同様に両親は心配するだろう。仮定で離婚話をしただけなのに、猛烈な勢いで怒りだした剛のこと、結月が元気のない顔を見せたら、この前の話が冗談でなくなる。それこそ矢神家へ乗り込むかもしれない。

仮に忍に好きな女性がいても、久我山旅館のことを考えれば、この結婚を途中で投げ出すわけにはいかない。忍が離婚を提案しない以上、結月の居場所はここなのだ。

(幼い頃から覚悟してたじゃない。なにを今さら弱気になってるの)

それに忍のそばにいたい。

思いなおしてリビングへ戻った。

バッグを置き、エプロンをして冷蔵庫を開く。ところがメニューを考えることすらままならないときた。

「しっかりして、私」

声に出して自分に発破をかける。ペチペチと頬も叩いた。

「がんばろう。ね？」

ひとり言を続けていたら、突然後ろから腕が伸びてきた。

「なにをがんばるって？」

忍にふわりと抱きしめられたのだ。

かすかに匂う甘い香りは、先ほど見かけた女性の香水だろうか。いつもの忍の匂いとは違う。

「し、忍さん、おかえりなさい」

肩越しに振り返る。玄関が開けられた物音にも気づかなかったらしい。

忍は結月を振り向かせ、触れるだけの優しいキスをした。

この腕で、この唇で、先ほどの女性にも触れたのかもしれないと思うと胸が締めつけられる。

そしてそう思う自分は醜くてとても嫌だ。

「どうした？　なにかあった？」

「あ、いえ、なにもないです。今夜はなににしようかなって考えてて」

「それで〝がんばろう〟って言ってたのか」

忍がクスッと笑う。

「……はい」

この際それでいいだろう。妙な決意は忍に知られたくない。

「それじゃ俺もすぐに着替えてくるから、一緒に作ろう。っとその前に、これ」

忍が、ダイニングテーブルに置いていた小さな紙袋を結月に差し出す。あのジュエリーショップのロゴだ。

さっきの女性へのプレゼントのついで。妻への罪悪感を消すためのもの。そう考えて手を出せずにいる結月だったが、忍に強引に手渡された。

「忍さん、こういうのはもう大丈夫ですから」

「妻へのプレゼントは夫の楽しみのひとつ。それを奪わないでほしいな」

忍が女性と一緒にいる場面を見る前だったらうれしい言葉だっただろうが、胸に悲しく突き刺さる。

「……ありがとうございます」

結月の頬をひと撫でし、忍が自室に向かう。

リボンを解いて開けたら、それはピアスだった。結月の大好きなハートのモチーフにパールをあしらったかわいらしいデザインだ。

一緒にいた女性なら、もっと大人っぽいものが似合うだろう。大好きなハートなのに、乙女チックな自分の好みがひどく子どもっぽく思えた。

チノパンとポロシャツに着替えた忍が、結月とお揃いのエプロンを着けたときだった。インターフォンが来客を知らせて鳴り響く。

「こんな時間に誰だ？」

忍と顔を見合わせた。

モニターに向かった忍が「なんで」と呟く。

誰だろうと後ろから覗き込んでドキッとした。画面に映っていたのは忍と一緒にいた女性だったのだ。

（こんなところまでなにをしに来たのかな。……もしかして忍さんと別れてほしいって言いに来たの？）

心臓が嫌な音を立ててリズムを刻みはじめる。

『ちょっと忍ったら、開けてくれないの？』

痺れを切らした女性がオートロックの解除を催促する。

「なにしに来たんだ」

大切な女性を相手にする割には冷たい口調だった。しかしそれは結月がそばにいるせいかもしれない。

『なにしにって結婚のお祝いじゃないの』

「だいたいどうしてここがわかったんだ」

『忍のお父様に聞いたのよ。お祝いに駆けつけたいからって』

彼女は忍の父親とも面識があるようだ。

自分の立場がどんどん危うくなっていくのが手に取るようにわかる。邪魔なのは自分のほうなのではないか。

「忍さん、せっかくだから上がっていただいたほうが……」

追い返す勢いの忍だったが、お祝いだと彼女が言っている以上、このまま取り合わないのは失礼だろう。

結月の言葉に忍は渋々オートロックを解除した。

「ごめん、結月。幼馴染みなんだ」

「そう、だったんですね」

幼馴染みなら忍の父親と面識があるのも頷ける。結月と出会うずっと以前から、ふたりは想いを通わせていたのかもしれない。

数分後、再びインターフォンが鳴り、忍が玄関で出迎える。結月はその少し後ろで所在なく立った。

玄関に彼女が足を踏み入れた途端、甘く官能的な香水が匂い立つ。ついさっき忍から匂った、結月とは異質の大人の女性の香りだ。

「えっと、奥様はなんてお名前だったかしら」

女性は、忍の後ろにいる結月を覗き込んだ。

「ゆ、結月と申します。はじめまして」

いきなり美しい顔立ちの彼女に話しかけられ、どぎまぎしながらペコリと頭を下げる。

「私は桜田七海よ」

やはり忍が電話で話していた女性だ。

「忍とは昔から裸の付き合いがあるの」

「えっ……」

続けざまに彼女が放った先制弾に絶句する。

「おい、ヘンな言い方をするのはよせ」

七海は悪びれもせずペロッと舌を出した。

「小さいときに一緒にお風呂に入ったってだけだから」

忍がこそっと結月に耳打ちをする。

本当は大人になってからの裸の付き合いなのではないかと勘繰り、急いで自分を諌めた。嫌な女になりそうで怖い。

「お上がりください」

「では、お言葉に甘えてお邪魔します」

ピンヒールを脱ぎ、彼女がスリッパに履き替える。

店で遠目で見たときよりも背が高く、目鼻立ちの整った美人だ。いかにも仕事ができる風のバリキャリで、忍の隣に立っても全然見劣りしない。

「これ結婚祝いのワインと、一緒に食べようと思ってピザをテイクアウトしてきたわ」

「すみません、ありがとうございます」

忍がなかなか受け取ろうとしないため、結月が代わりに手を出す。七海は少し不満そうに忍を見たが、すぐに気を取りなおして結月に笑顔で差し出した。

七海をリビングへ案内しワイングラスと取り皿を用意して、結月もソファに座る。七海は忍の斜め向かいにあるひとり掛けのソファ、いわゆるお誕生日席に座ったため結月とふたりで彼を挟む格好だ。

ワインの栓を開けてふたつのグラスを満たした後、忍が「結月はどうする？」とボトルをかざす。

「少しだけいただきます」

普段ワインはあまり飲まないが、お祝いとして買ってきてくれたものを無下にできない。

「あまり無理するな」

「大丈夫です」

グラスにロゼが注がれた。透き通った桜色がライトにあたって煌めく。

「へえ。奥さんにはずいぶん優しいのね」

長い足を組んで首を傾け、忍に向ける視線はどこか皮肉めいている。〝愛し合っているのは私たちでしょう?〟といった意味合いだろうか。

「あたり前だ」

忍は即座にそう返すが、それは夫婦という義務感からであって、決して愛情があるわけではない。本心では結月ではなく、七海に優しく接したいのを我慢しているのだろう。

好きな人がすぐそばにいるのに想いを閉じ込めなければならない辛さはわかる。結月も同じだ。夫婦になったのだから忍に好きだと正直に打ち明けてもいいのかもしれないが、形ばかりの結婚なのに煩わしいと思われるのが怖くてできない。歩み寄っていこうと誓ったはずなのに、土壇場で臆病になっていた。

三人揃ってグラスを持ち上げ、乾杯する。結月はピザの箱を開け、皿に取り分けた。

「結月さん、久我山旅館のご令嬢なんですってね」

「はい」

「ライバル同士が結婚だっていうからびっくりしちゃった。あ、結月さんにも名刺を渡しておこうかな」

七海はバッグから名刺を一枚差し出した。

そこにはサクラトリップの企画商品事業部マネジャーとある。国内でも五本の指に数えられる、旅行会社の大手だ。久我山旅館との取引ももちろんある。

見たところ忍ともそれほど年齢は変わらないだろうから、若くして大企業のマネジャーでは第一印象通りのキャリアウーマンだ。

（あれ？　もしかして）

社名と七海の名字である桜田を見て、ふとあることが過る。

「七海さんのお父様はサクラトリップの……」

「結月さん、勘がいいわね。そう、社長よ」

七海が真っ赤な唇でふっと笑う。

サクラトリップの社長が同じ名字なのと、ひとり娘がそこでバリバリ働いているという情報を聞いたことがあったのだ。

結月も懸命に働いてはいるが、七海には遠く及ばない。忍は彼女のそういった自立した点にも惹かれるのだろう。

「忍ったら結婚の話、私になにも言ってくれなかったから、出張先で知って慌てて帰ってきたの」

七海は結月にそう言いつつ、忍を軽く睨んだ。

仕事を差し置いて帰ってくるくらいだから、よほど衝撃的だったのだろう。

「七海に報告する義務はない」

忍があくまでも頑なな態度なのは、妻の手前そうするしかないからなのかもしれない。久我山旅館との共同プロジェクトが進行中の今はまだ、結月を手放すわけにはいかないだろうから。

「そうやってこの前の電話からずっと冷たい態度なんだから。結月さんからも言ってくれない？　もっと優しくしてあげてって」

「あ、はい……」

その電話というのが、結月が立ち聞きしてしまったときのものかもしれない。『もうむやみに会えない』という会話だ。

「あ、ワインといえば」

なにかを思い出したのか、七海がクスッと笑いながら話を変える。

「昔、ふたりして酔いつぶれたときのこと覚えてる？　確か私の二十歳の誕生日だったかしら。両親たちとうちでお祝いしてくれたんだけど、大人ぶってワインを飲んだら悪酔いしちゃって。忍もまだ社会人になりたてだったわよね」

「あぁそんなこともあったな」

忍はワインを飲みながら気のない返事をする。

幼馴染みだけあり家族ぐるみの付き合いがあるのだろう。何十年もの間、対立してきた久我山の家とは全然違う。

　これまでそれは仕方のないことだと考えていたのに、七海という幼馴染みの存在が目の前に現れたため急に寂しさを覚えた。

「でね、結月さん、翌朝、忍がどこにいたと思う？」

「えっ、そうですね、えっと……」

　いきなり話を振られて反応が遅れる。彼女の意味深な口調が結月になんとなく嫌な予感を抱かせ、忍と七海の間で視線を頼りなく行き来させた。

「七海」

「私のベッド」

　彼女を制する忍と七海の声が重なる。しかし忍の静かな声よりも、彼女の笑みを含んだ声のほうが結月の耳に突き刺さった。

（今、七海さんのベッドって言ったの……？）

　その言葉が結月の胸にも容赦なく爪を立てる。〝翌朝〟〝私のベッド〟というものから連想するものは、ただひとつしかない。想い合っているふたりなら当然の展開だとわかっていても切なくなる。

「七海、誤解されるような言い方はよせ。なにもなかっただろ」

「やだ、忍が覚えてないだけじゃない」

七海が思わせぶりにふふっと笑う。

「覚えているもいないも、なにもなかったのは事実。結月に妙な話を聞かせるな」

忍が必死になるのはプレジールを守るため。この結婚が解消されたら、外資系ホテルへの対抗策が出遅れることになる。忍もそれは避けたいだろう。

結月はふたりのやり取りになにも反応できない。手にしていたグラスを傾けてワインを喉に流し込んだら、ほどよい酸味が通り抜けた後、胃までカーッと熱くなった。

「結月、そんな一気に飲まないほうがいいんじゃないか？」

「大丈夫です。七海さんがくださったワイン、とても飲みやすくておいしいです」

強がって大人ぶる。本当はワインのおいしさなんて全然わからないが、七海のように大人の女でありたかった。彼女のように成熟した女性に対する羨望と、小さなプライドだ。

「でしょう？　忍の好きな銘柄よね。前に……」

七海の昔話はとどまるところを知らず、次々とふたりの思い出が語られていく。故意に結月を会話に入れないようにしているわけではないだろうが、結月の知らない話にはどうしてもついていけず、ひとりワインを飲む以外にない。

忍はつれない態度で適当に相槌を打っているだけだが、それは妻の立場である結月を気遣っているためだろう。本当は結月抜きでふたりきりで話したいのではないか。

（忍さんのことをいろいろ知ってる七海さんが羨ましいな……）

今飲んでいるワインの銘柄が忍の好みなのも、結月は知らなかった。それだけでなく、忍がどんな幼少期を過ごしたのか、どんな学校生活を送ったのか、なにもかも知らない。

忍は結月好みのプレゼントをちょくちょくしてくれるのに、結月のほうは彼がどんなものを好きなのか全然わからないのだ。

その点、七海は彼のすべてを知りつくしているだろう。妬ましいというよりは羨ましくてたまらなかった。

ふと忍のスマートフォンがヴヴヴとその場の空気を震わせる。画面を見た忍は、にわかに表情を引きしめた。

「悪い。ちょっと電話だ。結月、ごめん」

仕事の電話か、忍は結月の頭をふわりと撫でて書斎へ行ってしまった。

七海とふたりきりにされたが、玄関で出迎えたときほどの緊張感がないのは、ワインを飲んで感覚が麻痺しているせいか。ふわふわとした心地で気持ちがいい。

「私、七海さんが羨ましいです」

思っていることがストレートに口から零れる。ワイングラスを両手で握りしめて彼女を見た。

「私が？　どうして？」

訝しげに眉根を寄せてもなお、七海の美しさは損なわれない。それどころか悩ましげな表情には色気すらあり、敵わないなと思わずにはいられなかった。

「七海さんは、忍さんのことをずっと昔から知ってるので」

さすがに〝忍の好きな人だから〟とは言えなかった。アルコールに侵されても、そのくらいの自制はまだ効いているようだ。しかし目を閉じたいほどの強烈な眠気は、今にも結月に襲いかかろうとしていた。

「……結月さん、忍のこと、好きなの？」

直球の質問をかろうじて耳が拾う。結月は素直にコクンと頷いた。

まだ残る理性が、忍の想い人にそんなことを打ち明けてどうするのと騒いだが、結月には引き留められなかった。

七海は政略的に結ばれた婚姻関係なのに？　と言いたげな目だった。もしかしたら忍から、政略結婚だから結月に対して愛情はないと聞かされているのかもしれない。

「……そう。好きなんだ……」

瞬間的に鋭くなった七海の視線が、結月から外れて遠くに投げかけられる。

結婚したのに片想いなんて憐れだと思われたか。

「今のは忍さんには内緒にしてください。忍さんに重い女だと思われたくないんです」

「言わないわよ。……言うわけ……じゃない」

「はい？」

「あ、ううん、なんでもない」

最後のほうの声がよく聞き取れなかったため聞き返したが、七海は手をひらりと振って口もとだけで笑った。

「結月さん、もう少し飲む？」

「いえ、もう大丈夫です」

七海がワインのボトルを持ち上げたが、首を横に振る。お客さんの前で眠るわけにいかないと懸命に耐えていたが、眠くてたまらない。

ソファの背もたれに体を預け、少しの間だけ目を閉じようと瞑ったが最後。接着剤でくっつけたように開かなくなってしまった。

次第に遠くなる意識の中、忍の「結月」と呼ぶ声が聞こえた気がしたが、その呼びかけに反応できないまま、どんどん深い眠りに引き込まれていく。

結月が次に目を開けたのは翌朝。寝室の広いベッドで、その朝もやはりひとりきりだった。

たった二杯しか飲んでいないのに昨夜のワインが残っているのか、今日はどうも朝から頭の動きがゆっくりだ。

今朝は早くから来てくれた家政婦の朝食を忍と食べ、それぞれ出勤。忍は『昨日は突然ごめん』と七海の訪問を謝ったが、結月も夕食を作らないまま寝入ってしまったし、おあいこだろう。

（こんなんじゃダメダメ。七海さんみたいにしっかりしなくちゃ）

自分のデスクでペチペチと頬を叩き、活を入れる。

恐れ多いことに、結月は軽井沢のリゾート施設で使うアメニティの選定を任されており、高級にふさわしいブランドの選定をしなくてはならない。

お客様、とりわけ女性にとってホテルのアメニティの充実度は重要なポジショニング。気の利いたアイテムがサービスされていると、部屋で過ごす時間がより快適になる。軽井沢で展開予定のリゾートは一日の大半をそこで過ごしてもらうのが狙いのため、より重要度が高い。

最近はハイブランドや高級オーガニックコスメなどのバスアイテムを導入しているホテルも増え、クオリティも進化中だ。

つまり結月に任された職務は責任重大。気を抜けない。

(紅茶でも飲んで気分転換しよう)

会社のデスクにも保管しているロシアンティーの茶葉を取り出し、給湯室へ向かう。

結月がティーポットにお湯を注いで紅茶を蒸らしていると、京也がひょっこり顔を覗かせた。

「いい匂いだな」

「京也さんも飲む?　すっきりしておいしいよ」

「じゃあ、せっかくだからもらおうかな」

給湯室に足を踏み入れ、結月の隣に立つ。不意に間近で顔を見られ、思わずのけ反った。

「な、なに?」

「いや、なんか顔色が冴えないっていうか元気がないっていうか」

「え？　そう？」

さすがに京也の目は誤魔化せないか、と結月は目を瞠った。

「元気だよ」

顔色がぱっとしなのは軽い二日酔いのせいだろう。

「そうか？　結婚生活がうまくいってないんじゃないか？　それともアイツになにか言われたのか？」

「忍さんにはなにも言われてません。うまくいってます」

忍の優しさは当初から全然変わらない。いつも結月を気遣ってくれるし、決して冷たい態度はとらない。結月に気持ちが向かないのは仕方のないことだ。

でも、ふたりはまだスタートしたばかり。今は七海に心を奪われているのかもしれないが、いつかはきっと結月を見てくれる。嫌われてはいないだろうから、少しずつ好きの度合いを上げてもらえる努力をしていきたい。

ところが京也がそんな心をたやすく見透かす。

「なにか悩んでるなら離婚したらいい」

「どうしてそうなるの。離婚はできないでしょ」

「会社のことを気にしてるなら、俺がおじさんに言ってやる。プレジールと組まなくても久我山旅館はやっていけるんだから」

現状維持ならそうかもしれない。でも成長を望むなら、痛みが伴うような措置が必要な場合も時としてあるだろう。

今の久我山旅館も結月はもちろん大好きだが、まだ大きくなる可能性を秘めている。軽井沢リゾートを断念して、その芽を摘みたくない。

「私、バツイチになっちゃうじゃない」

深刻な話にしたくなくて、おどけた口調で返す。

「バツイチだって俺は気にしない」

「京也さんが気にしなくても私が気にするの」

ティーポットで蒸らしを完了した紅茶をふたつのカップに注ぐと、たちどころにいい香りが漂ってくる。

「そうじゃない。俺のところに来い」

こぼさないようにカップを注視していた目を京也に向けた。

「……え？」

「バツイチだろうとなんだろうと、俺が面倒みてやる」

冗談には見えない顔だったため手元が狂い、紅茶がカウンターにこぼれていく。

「あっ、おい、結月」

「わっ！」

京也の声で事態に気づき、急いで布巾で拭う。いきなり妙なことを言われ、動揺が手に伝わってしまった。

「もう、京也さん、からかわないで」

「からかってない。結月さえその気なら俺はそうする」

京也はきっと、兄のような立場でそう言うのだろう。小さな頃から兄妹のような関係で育ってきたため、結月を守るべき存在だと認識しているから。結月の小さな不安を感じ取り、それを和らげようとしているだけだ。

「ありがとう、京也さん。でもね、私……忍さんが好きなの」

忍本人には言えないのに、京也には素直にそう言える。そういえば昨夜もうっかり口を滑らせて、七海にそんな告白をしなかったか。ほろ酔いだったから記憶は曖昧だ。

「結月……」

京也の目にどことなく憐れみが滲むのは、実らない恋心に対する同情か。七海にもそんな眼差しを向けられたような気がする。

「だから離婚はできないじゃなくて、しません」

忍を解放するために一度は結月の頭にも離婚が過ったが、やはり彼のそばにいたいのだ。彼から別れようと言われない限り、結月は離れない。

京也はお腹の底から息を吐き出すようにしてから、結月の頭にポンと触れた。

「わかったよ。結月がそう言うなら俺は応援する。でも、あまり無理はするなよ？」

「ありがとう。はい、これ」

紅茶の入ったカップを京也に手渡す。

「サンキュ。これで午後の仕事もがんばれそうだ」

最後にニッと笑い、京也は給湯室を出ていった。

「さてと、私ももうひとがんばりしなくちゃ」

いいものを選定して忍を喜ばせたい。――いや、認めてもらいたい。

七海のようにバリキャリにはなれなくても、結月なりに前向きに。

気合を入れ、結月も給湯室を後にした。


その夜、忍の帰りは午後十時を回った頃だった。

家政婦が作っていってくれた夕食を温めなおしてテーブルに並べていたら、隅に置いていた光風堂の練り羊羹に忍が気づく。

「結月は光風堂の和菓子が本当に好きなんだな」

「あ、それは京也さんが――」

「上條？」

結月が京也の名前を出した途端、忍の顔が険しくなる。

「あ、はい……。取引先の方にいただいたものの余りなんですけど、私の好物だからって」

部署のみんなに分けたものの残りだ。

なんとなく不穏な空気を感じて声がどんどん小さくなる。

（なにかヘンなこと言ったかな）

どうも忍の様子がおかしい。

「忍さん？　あの……」

「結月は上條京也を好きなのか」

「え？」

思いもしない言葉が忍の口から飛び出した。

あまりにも突拍子がなくて、すぐに唇が動かない。

（私が、京也さんを……好き？）

「結月は俺とじゃなく、上條京也と結婚したかったんじゃないか？」

冗談を言っているようにはとても見えない。静かなのに、胸をえぐるような鋭さを秘めた言い方だった。いつもの優しい眼差しはどこにもなく、温度を感じない冷ややかな目で結月を見つめる。

「どうしてそんな……」

唇が震えた。なぜそう思われるのか、どうして忍はいきなりそんなことを言いだすのか。結月には言いがかりにしか聞こえなかった。

だって事実、結月の心には忍しかいないのだから。ほかの誰の姿もない。一分の隙もなく忍でいっぱいなのだ。

「この結婚は久我山旅館のためだっただろう？　本当は上條が好きなのに、それを諦めて渋々俺との結婚を選んだんじゃないか」

忍は結月を真っすぐ捉え、淡々とした口調で言った。

どこをどう見たら、そう見えるのか。

胸いっぱいに切ない想いが広がっていく。

「違います！　京也さんはただの従兄なのに、どうしてそんなことを言うんですか？」

苦しくて苦しくて息が詰まりそうになる。

「確かに結婚は久我山旅館のためでした。でも今は違います！　私が好きなのは――」

勢いで忍だと言いそうになった結月は、土壇場で口を噤む。

もしかしたら忍は、離婚を切り出そうとしているのではないかと考えたのだ。結月の気持ちを聞いたうえで、自分は七海を好きなのだと告白しようとしているのではないか。お互いにべつに好きな人がいるのなら、それで円満に解決すると。

だとしたら結月が自分の気持ちを口にすれば、忍の恋路を邪魔してしまう。優しい彼のことだから、結月の気持ちが自分に向いていると知ったら、この結婚にピリオドを打てないだろう。

喉の奥で張りついた忍の名前は、必死に呑み込んだ。

「……もしも忍さんが離婚を望むなら……私はそれに従います」

想いを懸命に抑え込んでたどたどしく紡いだ言葉は、心とは裏腹。結月は離婚なんて望んでいない。

これ以上忍と向かい合っていられない。結月は今にも込み上げてきそうになる想いを抱えたまま、寝室に逃げ込んだ。

「結月！」

忍の声が追いかけてきたが、それを振り切るようにドアを閉める。その場に膝から崩れ落ちると同時に溢れてきた涙は、冷えた頬を伝って床にシミを作っていった。

肩を震わせて寝室に駆け込む結月を追いかけた忍の目の前で、無情にもドアは閉められた。

『私が好きなのは――』

その先に続く言葉は〝忍〟だったのではないか。訴えかけてくるような切ない顔は、そう言っているように思えた。

これまでずっと結月は上條京也を好きなのではないかと勘繰ってきたが、それは勘違いだったのか……？

だとしたら結月は、どんな気持ちで『……もしも忍さんが離婚を望むなら……私はそれに従います』と言っただろう。そんな酷なことを言わせた自分の幼稚さに苛立ちを覚える。

（……俺はなにをやってるんだ）

上條京也の名前が出た瞬間、前後の見境がなくなるなんてあまりにも無様。情けなくて言葉もない。

大事に大事にしてきた結月を、一番傷つけたくない結月をこの手で傷つけてしまった。

「結月……ごめん」

ドア越しに声をかけるが、結月の反応はない。すぐ向こうにいる気配はあるのに、手を伸ばせないもどかしさが切なくて苦しい。

無理やりドアを開けようと思えばできるが、ひどい言葉を浴びせた忍が、それをしていいようには思えなかった。

いったい何度寝返りを打っただろうか。書斎のベッドで目を閉じても眠気は一向に訪れず、逆に頭は冴え渡っていく。

結月を相手にすると、どうしてこうも不器用になってしまうのか。言いたいことの半分も伝えられていない現状は、自分でも驚くほど。これまでの恋愛経験はなんだったのかと不思議でならないが、そもそも結月ほど本気になった相手はいなかった。

つまり忍は、恋愛初心者も同然なのだ。

このままでは本当に結月の気持ちを摑み損ねてしまう。なにを悠長に構えているのか。

(こんなところで寝てる場合じゃないだろ)

忍はベッドを抜け出し、結月の眠る寝室へ向かった。

そっとドアを開け、控えめなフットライトが灯るなかベッドに近づく。結月は眠っているようで、寝息が聞こえてきた。

その隣に静かにもぐり込み、結月を引き寄せて腕の中に閉じ込める。眠る直前まで泣いていたのか、頬に涙の痕があった。

「本当にごめん、結月」

頬を撫で、溢れてくる愛しさに負けて、眠る彼女の唇に自分の唇を押し当てる。

やわらかな感触が忍の胸を熱くし、体の中心を疼かせた。

日本に進出してきた外資系ホテル、リゾティアに対抗する手段として、老舗旅館の久我山と手を組むことを提案したのは忍だった。

リゾティアは世界最高ランクのホテルである。欧米はもちろん、オセアニア、アジアにラグジュアリーなホテルを大規模展開している。対抗策を考えているのはプレジールばかりではないだろう。日本におけるほかのホテルブランドも、大規模な改修を重ねて最先端の設備を誇る外資系ホテルに対抗しようと必死だ。

プレジールと久我山はホテルと旅館といったように様式は違うが、日本のホテルブランドを牽引してきた。両社が業務提携することでシナジー効果を生み出し、多様化する顧客ニーズに応えられる範囲が広がる。また、日本での地盤を強固なものにしたいと考えたのだ。

しかしプレジールと久我山は昔からのライバル関係にあり、当初は忍の父親であるプレジールの代表、和彦に強く反対された。

だがそれで諦めていたら話にならない。久我山旅館の財務状況や経営数値などをデータバンクから可能な限り集め詳細に分析、プレジールをさらに飛躍させるための道筋を作成し、和彦に進言した。また、そのためには政略結婚が望ましいとも。

久我山旅館が提携に乗ったとしても、これまでの経緯を考えれば、いつ反旗を翻すとも知れない。婚姻関係が、その抑止力になるだろうと。

度重なる説得を経て、ようやく事態が動きだす。決して夢物語ではない実現可能な計画を前に、和彦も首を縦に振る以外になかった。

しかし忍が今回の結婚を推し進めたのは、プレジールのためばかりではない。いや、むしろそちらは後づけだと言ってもいいかもしれない。

忍が結月にはじめて会ったのは、今から遡ること一年前。ある大手ゼネコンが開いた取引先向けのパーティーだった——。

湾岸エリアの一等地でひと際目を引く大きな建造物。それがプレジール東京である。東京《とうきょう》湾を臨むロケーションや顧客第一主義のサービスは、創業当時から日本のみならず海外からも高評価を得ている。大手ゼネコンの五十周年を祝うパーティーが、そのホテルで開かれた。

ブッフェ形式をとった二階の大ホールは、日本はもとより海外から集まった多くの関係者たちの熱気で溢れ、会場の外まで漏れている。

忍の元へはいろいろな業種の人たちが入れ替わり立ち代わり挨拶にやって来るため、飲み物を手にする暇すらない。そのそばでは秘書の上村が、交換した名刺をその都度受け取り、黒子のように立ち回っている。

「上村、ちょっと外すぞ」

挨拶の列が束の間途切れた隙を突き、忍は上村にそう告げて会場の出入り口に足を向けた。

「副社長、どちらへ!? 私もお供いたします」

上村の声が追いかけてくる。

「おいおい、トイレだよ。そんなところまで着いてこなくていい」

肩越しにそう告げ、右手をひらりと振った。

「失礼いたしました」

振り返って確認こそしないが、上村はおそらく手を両脇に揃えて腰を九十度に折り曲げているだろう。

会場を出てエレベーターで一階へ下りる。トイレというのは口実で、人いきれで疲れたため少し休息をとろうと目論んだのだ。

ラウンジの横を通り過ぎ、ロビーに置かれたソファに腰を下ろす。

忍はたまにこうしてここに座り、ホテルを行き交う人たちを観察することがある。お客様がホテルになにを求め、どうしてほしいのか、俯瞰だと見えるものがあるためだ。

それはお客様の足取りだったり、目線の行き先だったり、些細な動きがヒントになる。

ここで働く社員たちにしてみたら、副社長の忍が監視しているように思うかもしれないが、あら探しをしているわけでは決してない。

そうして忍がロビーを観察していると、少し離れた場所で外国人の老夫婦と若い日本人女性が話している光景が目に入った。エントランスから入って真正面にある常設花の前で、なにやら困ったような様子だ。忍以外のホテルスタッフは、その三人に気づかない。

手助けできればと思い忍が近づいていくと、老夫婦はフランス人のようだった。日本人女性のほうは、彼らの話すフランス語が理解できないのかあたふたしている。なんとか英語でコミュニケーションをとろうとしているようだが、老夫婦は英語が話せないみたいだ。

「どうかされましたか？」

まずは日本語で若い女性のほうに話しかけた。

二十代中頃だろうか、ハッとしたように忍を見た彼女が安堵の表情を浮かべる。色白で目もとのぱっちりしたかわいらしい女性だ。

「すみません、私、フランス語は話せないのですが、こちらのご夫婦がお困りの様子で」

彼女の言葉を聞き、老夫婦に顔を向ける。

『なにかお困りですか？』

フランス語で問いかけると、ホッとした表情を浮かべた女性が話しはじめた。

『私たち、ヴィーガンなのよ。でも、どのレストランに行ったらいいのかわからなくて』

　なるほど。肉料理が食べられないから、どこに入ったらいいのか迷っていたようだ。見れば、女性はプレジールのパンフレットを手にしているが、それは日本語で書かれているものだった。フロントには各国の言葉で書かれたものを置いているが、取り違えたのだろう。

『それでしたら、どちらのレストランへ入られても、お肉を食べられない旨をお伝えいただければ、それに見合ったお料理をお出ししております。フランス語で書かれたメニューも取り揃えておりますので、スタッフにお声がけいただければと思います』

　フランス語であれば、どのレストランにも話せるスタッフがいる。

『まぁ、そうなの？　それじゃ、お勧めはどこかしら』

『せっかくですから日本食を味わってみてはいかがでしょう。旬の野菜を使った天ぷらなどはどうですか？　今ですと、ふきのとうやたらの芽などがとてもおいしいです』

『ふきのとうに、たらの芽？　どういうものかわからないけど、天ぷらは素敵ね！　あなた、そこにしましょ』

　女性が上機嫌でパッと顔を輝かせ、夫のほうを見る。

『そのレストランは、フロントを通り過ぎて五十メートルほど歩いた左側にございます。ご案内いたしましょう』

『いいえ、すぐそこですもの大丈夫よ。ご丁寧にありがとう。それじゃ』

夫婦はうれしそうに歩いていった。

ふたりを見送り、元いたソファに戻ろうと足を出した忍だったが、ひとり残っていた若い女性に呼び止められる。

「あの、すみません」

振り返った忍に「ありがとうございました」と彼女は頭を下げた。

「いえ」

名乗るつもりはないが、プレジールの副社長として当然のことをしたまで。自分のホテルで困っているお客様を放っておくわけにはいかない。

「フランス語は話せないので助かりました」

はにかんだ笑みを浮かべる。

しかし、なぜ彼女はふたりに声をかけたのだろうか。総レースの清楚な雰囲気のワンピースを着た彼女は、明らかにホテルのスタッフの格好ではない。老夫婦から助けを求めたわけではないだろうから、彼女自ら困っているのを見かねて声かけをしたはずだ。

「あの、よろしければお礼をさせてください」

「お礼？」

訝る忍に構わず彼女が続ける。

「ラウンジでコーヒーでもいかがですか？　ちょっとお疲れの御様子にも見えるので、少しお休みになられたらどうかと思って」

（……またか）

思わず小さく息をつく。女性からこの手の誘いを頻繁にされるため、げんなりして断ろうと口を開きかけたが。

「あ、ごめんなさい、勝手にコーヒーを指定してしまって。コーヒーが苦手であれば、もちろん紅茶でも」

彼女はべつの提案をしてきた。

忍が怪訝そうな表情をしたのを、コーヒーか紅茶の好みの問題だと思ったようだ。純粋なのか、それとも忍とお茶をしたくて必死なのか。

「申し訳ありませんが、時間がありませんので」

「そう、ですよね。失礼しました」

忍が左手首にしている腕時計をかざすと、彼女は慌てたように頭を下げた。

「フランス語があんまりお上手だったので、つい……。では、ひとつだけお聞きしてもよろしいでしょうか」

いったいなんだというのか、彼女はなかなか引き下がらない。どうせ連絡先を交換したいとか、その手のお願いだろう。

「フランス語はどちらで？」

そんな質問をされるとは思わず、「え？」と聞き返す。

「とても流暢なフランス語だったので、どうやって習得されたのかと。じつは私、ホテル業界に身を置いておりまして、できるだけたくさんの言語を覚えたいとは思っているのですが、それがなかなか」

「ホテルで働いているんですか？」

先ほどの老夫婦への対応も、それで納得した。職業柄、放っておけなかったのだろう。とはいえ、それも人によりけりだから生真面目な性質なのかもしれない。

「父が久我山という旅館をやっておりまして、私はそこで――」

「久我山旅館？」

彼女の言葉を遮った。

「ご存知でいらっしゃるんですか？」

「あ、ええ、そうですね。久我山旅館はとても有名な老舗ですから」

今日のパーティーに久我山旅館が招待されているのは知っているが、娘も一緒だったのか。面識はないため気づかなかった。

プレジールとライバル関係にある久我山の人間だと聞き、忍は身構える。二社の関係性以前に、いわゆるお嬢様も苦手である。というのも、忍に近づく令嬢はわがままで自意識過剰か、社会を知らない超箱入り娘のどちらかだからだ。なるべく関わり合いたくない。

そのため両親の用意する縁談は、なにかと理由をつけて断り続けている。

「それは光栄です。……もしかして、あなたも二階で開かれているパーティーにいらっしゃったのですか？」

忍の装いを見て思ったのだろう。普段から仕立ての三つ揃いスーツを着ているが、今日はいつもよりドレッシーだ。

「いえ、私は違います」

ここで名乗りをあげる必要はないだろうと、プレジールの副社長だと名乗らずにはぐらかす。

「失礼いたしました。……それでフランス語ですが、あちらにお住まいだったのですか？」

「いえ、独学です」

書店でＣＤ付きのテキストを買い、それを流し聞く方法だ。古典的なやり方かもしれないが忍にはそれが一番合っており、どの言語もその手法で学んだ。あとは実践あるのみ。

「そうなんですね」

彼女は感心したように何度も頷いた。

「旅館で働かれているとおっしゃっていましたが」

「はい。いろんな国のお客様がいらっしゃるので、できるだけたくさんの言語を覚えたいんです。今は本社勤めなのでお客様と接する機会は少ないのですが」

老舗旅館の令嬢なら腰掛程度に本社にいてもおかしくないのに、彼女はそうではないらしい。

少なくとも忍の知る令嬢は、語学勉強という名目で海外を遊び歩いたり、仕事にすらつかずに家事手伝いに甘んじたりする女性ばかりである。もしくは、しっかりと仕事に就いているにしても、プライドが高く自己中心的という印象だ。

「フランス語は挨拶程度しか話せないので、もっと勉強しなくちゃと、今のあなたを見て思いました。本当にありがとうございます」

そこまで恩義を感じなくてもよさそうなものだが、彼女は丁寧に頭を下げた。

忍とお茶をしたかったわけでも、忍に好意を覚えたからでもない。フランス語の技能に興味を抱いただけだったのだ。ただ純粋に。

「お忙しいのにお時間をとらせて申し訳ありませんでした」

彼女が優しげな微笑みを浮かべてそう言ったときだった。

「結月、ここにいたのか」

彼女の視線が忍から声のしたほうへ動いていく。そして瞬間、ぱぁっと表情が明るくなった。忍に向けていた上辺だけの笑顔ではなく、心からうれしいと思っているのが表れた顔だ。

声の主は、忍のようにスーツを着た長身の男だった。久我山旅館の上條京也だ。以前、仕事でやり合ったことがあるため忍にも面識はある。

「なにかあったのかと思って探したよ」

「ごめんね、京也さん」

彼の視線が彼女のそばに立つ忍に注がれる。瞳が不審そうに揺れた。

「それじゃ、私は失礼しますので」

軽く目礼だけしてふたりに背を向ける。

「あ、はい。ありがとうございました」

彼女の声を背中で聞きながら足を進めた。遠ざかっていく途中でふたりの会話が耳に届く。

「今の、プレジールの御曹司だよ」

「そうだったの？　全然気づかなかった」

「なにか言われたのか？」

「ううん、助けてもらったの」

久我山結月という名前を頭の中で諳んじながら再び会場へ戻ると、秘書の上村は「副社長！　どちらのトイレまで行かれていたんですか？」と忙しない様子だった。


彼女との再会は、その一ヶ月後の休日のこと。買いそびれていた経済の情報誌を買おうとふらっと立ち寄った書店で、棚から本を取っては首を傾げ、また戻すのを繰り返しているのが結月だった。

彼女の真剣な横顔から本棚に目を移すと、そこは語学の書籍を集めたコーナーで、平積みの棚には彼女が出したものらしきフランス語関連の教材が何冊か並んでいた。

（本気でフランス語を学ぶつもりだったのか）

ホテルで老夫婦を介して話したとき、忍に興味があったのではないとわかってはいたが、フランス語を学びたいというのは〝お嬢様の気まぐれ〟だろうと思っていたのだ。

「フランス語なら、このテキストがいい」

あまりにも困っている様子の彼女をなぜか放っておけず、つい声をかけた。本棚から取り出したテキストを彼女に差し出す。忍が使った書籍の最新版だ。

「えっ」

急に声をかけられて驚いたのだろう。彼女は少し飛び退くようにして忍から離れた。瞬間、ふわりと甘い香りが舞う。

忍の周りにいる女性たちがつけているような香水の類ではなく、無垢といったらいいのか、自然でやわらかな香りだった。

「驚かせて悪かった」

「あ、いえ……。その節はありがとうございました」

どことなくぎこちない表情なのは、忍がプレジールの御曹司だと教えられたせいだろう。ライバル会社の人間を相手にするのなら、警戒して当然だ。

忍の父、和彦の話しぶりから察するに、矢神は久我山の家では天敵扱いをされているだろう。犬猿の仲だと聞いているから、散々な言われようかもしれない。それは息子の忍に対しても同じだと推察できる。

「いや、当然のことをしたまでだから」

忍がプレジールの人間だと知らなければ、困っているところに現れた恩人だと思ったままだろうが、真実を知り、ホテルの人間ならあたり前と感じただろう。むしろ、ホテルのスタッフはどこに目を向けているのかと、プレジールのサービスレベルに対して否定的な感情になったかもしれない。

「プレジールの方だったんですね」

どうして最初にそう言わなかったのかといったニュアンスだ。

「あの場で名乗るのはどうかと思ってね。騙すつもりはなかったんだ」

言い訳がましいと自分でも思うが、どうしてだか彼女にはヘンな印象を与えたくない。

結月は、忍から差し出されたテキストを受け取ろうかどうしようか迷っているようだった。

「あのときキミ、フランス語をどうやって習得したのか聞いただろう？　俺はこのテキストで学んだんだ」

「これ、で……」

ようやく興味がそちらに向いたのか、結月は忍からテキストを受け取った。ペラペラとめくって中身を確認する。興味深そうに見る目は真剣だ。

「ＣＤが付いてるんですね」

「それがなかなか使える」

いろいろなシチュエーションでの会話が収録されており、聞き流しているうちに自然と口から出てくるようになる。

「そうなんですか。あれからテレビの語学番組を観たりしたのですが、なんかこうしっくりこなくて」

「俺はもっぱら移動中の車で聞くことが多かったけど、それだけでも十分。テキストにはアプリに誘導するＱＲコードがついていて、スマホにダウンロードして使うことも可能だ」

「それは便利ですね。隙間時間も使えそう」

結月から笑みが零れた。フランス語の教材を間に挟み、忍に対する警戒感が少し薄れたように感じる。

「これにしてみます。ありがとうございました」

テキストを抱え、結月は頭を下げた。

「このあと時間は？」

「はい？」

「よかったら――」

忍が言いかけたそのとき。

「結月」

静かな店内によく通る声が響く。一ヶ月前、ホテルのロビーにも現れた京也だった。

今日も一緒だったらしい。

忍を見た京也が訝しげな顔をする。

（ふたりは恋人同士なのか……？）

パーティー会場はまだしも休日にふたりで過ごしているのだから、そう考えるほうが自然かもしれない。

（それより今、俺、彼女を誘おうとしてた？）

時間があればお茶でもと発するところだった。無意識の言動は自分でも不可解すぎて首を捻りたくなる。

誘われはしても自分から誘うなど、これまでなかったというのに。

「あ、あのね、京也さん、いいテキストを教えてもらったの」

ほらという感じに、結月が抱えたテキストを無邪気に見せる。

「……彼に？」

京也の視線が鋭さを増したのは気のせいか。居心地が途端に悪くなったことで、それまでが心地よかったのだと気づく。

「それはよかったね」

京也は結月にそう言い、「ありがとうございました」と忍に軽く頭を下げた。

彼からどことなく発せられる嫌悪感はライバルのプレジールに対するものか、それとも結月への独占欲か。

「では、私はこれで」

彼女をお茶に誘うなど、なにを血迷ったか。

首を傾げながら書店をあとにした忍が、目的の情報誌を買い忘れたことに気づいたのは自宅に着いてからだった。


結月とは生活圏が同じらしく、その後も顔を合わせることが度々あった。短い期間のうちに何度も会うのだから、これまでもニアミスがあったのだろうと不思議な気分だ。

ある日、彼女はオープンカフェのテラス席で本を開いていた。その店の前を偶然通りがかった忍は、彼女を見つけ吸い寄せられるようにしてカフェに入った。

店員にお願いして、陽の光に満ちたテラスへ案内してもらう。五月も半ばのそこは、さらりとしたそよ風が爽やかな空間を作っていた。艶やかな頬を撫でる風が彼女の髪を揺らす。邪魔に思ったか、その髪を指先で耳にかけつつ、真剣な眼差しを手もとの本に注ぐ。可憐な横顔はどこか儚げで、それでいて凛としている。

かわいい。

率直にそう思った。

「こちらのお席へどうぞ」

店員に案内されたのは、ちょうど彼女の隣のテーブルだった。対角線上に腰を下ろす。

気づくだろうか。

そう期待したが、彼女の視線は真っすぐに下に向いている。見れば、それは以前、書店で忍が推薦したフランス語のテキストだった。

（真面目に勉強してるんだな）

もしかしたらその場しのぎの見栄なのかとも勘繰ったが、そうではなかったらしい。

「こんにちは」

それとなく声をかけたが、結月は無反応。よくよく見てみたら、イヤホンを両耳につけていた。忍が教えたように、スマートフォンにテキストのＣＤをダウンロードし、それを聞いているようだ。忍の提案を素直に受け入れていることを知り、自然と笑みが漏れる。声が届かないのなら、その視界に入ろうと、手を伸ばして指先をひらひらと振った。

なんとはなしに顔を上げた彼女の目が、忍の手から顔へゆっくり移動する。そして忍だと気づき、〝あっ〟というような顔をして急いでイヤホンを外した。

「こ、こんにちは」

今回で何度目か覚えていないが、彼女は依然として忍を警戒している。それはやはり忍がプレジールの人間だからだろう。パーティーで会った初回が一番自然体だったように思う。

「勉強、がんばってるんだな」

忍がテキストを指差したら、彼女は恥ずかしそうに頬を染めてパタンとテキストを閉じてしまった。邪魔するつもりはなかったのだが。

「矢神さんに勧めていただいたテキスト、とてもやりやすいです」

「そう。それはよかった」

控えめな笑みを浮かべる結月に優しく微笑み返したが、彼女にそそくさと目を逸らされた。

父親から〝矢神の人間には気をつけろ〟とでも言われているのだろうか。いや、それならまだいいほうかもしれない。父親同士は大学時代から相当仲が悪かったようだから、〝鬼畜だ〟くらい言われていてもおかしくはない。素直そうな結月なら、それをそのまま信じているだろう。

そう思うからこそ、努めて優しく接しているつもりだが、それがかえって怯えさせているのだろうか。

「ずいぶん熱心だね」

「あ、はい、そうですね……。一度やりはじめると、ついムキになってしまう性質で」

「粘り強いのはいいことだと思うよ」

諦めが早いよりずっといい。忍自身も、こうと思ったらやり遂げるタイプだ。

「今日、いつも一緒にいる彼は？」

「……京也さんでしょうか？」

そう。上條京也。

忍が調べたところによると、彼は結月の母方の従兄だという。

「キミの彼氏？」

違うのは承知のうえだが、あえて聞く。

「ち、違います」

結月は頬を真っ赤に染めて首を横に振った。

「従兄です」

そう言って彼女は唇を引き結ぶ。

その反応が見たかったのだ。従兄だと知っているが、彼女は彼をどう思っているのか。従兄以上の感情を抱いているのではないかと、忍は常々感じていた。

顔を赤くしてしまうということは、やはりそうなのか。

そう思うと同時に、なぜかあの男には渡したくないと強烈に感じる自分がいた。

彼女といるときに決まって現れる京也に対する、単なる競争心なのか。ホテル用地を奪い合った因縁がもたらすものなのか。

――いや、違う。

認めたくてそう誤魔化してしまいたかったが、彼女を本心から欲しいと思ったのだ。

素直で健気。そんな結月と話していると心が妙に安らぐ。女性と一緒にいてそう感じたことなど、これまでに一度だってない。

富も名声も、求めずともそこにあった。忍がはじめてなにかを強く欲したのが、結月だった。

彼女のような女性となら未来を描ける。漠然とした想いがいきなり大きく膨れ上がっていくのを感じた。


そう気づいてからの忍の行動は早かった。

結月を手に入れるのは、そう容易いことではない。なにしろ、あの久我山旅館の娘。互いにライバル視している家同士なのだから。

忍に対する彼女の警戒が解けていない今、下手に近づいたら逆に忍を遠ざけるだろう。それは彼女の父親も同じ。どんな魂胆があって娘に近づくのかと、余計な予防線を張られたくはない。

それならば計略的に推し進めるのが得策だ。

折しも外資系ホテル・リゾティアの建築が着工し、数ヶ月のうちにオープンを控えている。父の和彦とも、対抗策を講じねばならないと話し合っている最中だった。

久我山旅館と手を組み、今一歩抜きん出たホテル経営をすべきではないか。和彦への説得を続けた忍は、なんとか久我山家と婚姻関係を結ぶことにも合意を勝ち取った。

しかし政略結婚という形をとってようやく結月を手に入れたのに、彼女の気持ちを推し量るばかりで自分の想いをストレートに伝えてこなかった。

このままでは夫婦関係が破綻するのは目に見えている。誰にも譲るつもりがないのなら〝結月は誰にも渡さない〟とはっきり宣言すべきだろう。

彼女が目覚めたら、その場で素直な気持ちを伝える。

忍はそう心に決め、抱きしめた結月の唇にもう一度キスをした。

通い合う心、満ち足りた朝

ふと、体がなにかに包まれている感覚が結月に覚醒を促す。とても心地のいい温もりと重みだ。

いっそ、このあたたかさの中に閉じこもっていたい。忍とケンカ別れのような終わり方をした昨夜の出来事から、遠ざかってしまいたい。

そんなことをぼんやり考えながらゆっくり目を開けていくと、そこで思いがけないものが視界に入った。端整な忍の顔だったのだ。

「あ、あのっ!?」

咄嗟に体を突っ張ったが、忍の腕に強制的に戻された。自分の置かれている状況がまったくわからない。

(どうして忍さんがここにいるの!?)

初夜以降、遠ざかっていたこの場所に、なぜ忍はいるのか。どうして結月は抱きしめられているのか。

ただでさえ寝起きで働かない思考回路。理解不能の展開を前にして戸惑いしかない。

「結月、ごめん」

切ない声色が結月の胸を突く。

「いえ、あの……私もごめんなさい」

離婚してもいいなどと、心にもない言葉をぶつけたうえ、忍がノックしても意地を張って寝室のドアを開けなかった。そんな子どもっぽいことをするから、忍の心をいつまでも摑めないのに。

「結月はなにも悪くない。全面的に俺が悪いんだ」

「そんなことないです。私のほうこそ売り言葉に買い言葉みたいな……」

あんなことをぶちまけたくなかった。

「でも京也さんは本当にただの従兄なんです。好きだなんて全然」

忍の腕の中で首を横に振る。それだけは誤解されたくない。

もうわかったという意味なのか、忍の腕の力が強まる。

「結月」

結月を抱きしめたまま、忍がそっと名前を呼ぶ。愛しさが込められているように感じて胸の奥がきゅうっと縮まった。

「……好きだ」

突然の告白に頭が真っ白になる。鼓動がドクンと大きな音を立てた。

「結月が好きなんだ。だから誰にも渡したくない」

繰り返し言われて息もできなくなる。心臓はまるでべつの生き物のよう。考えられないほど速くリズムを刻み、今にも駆け出してしまいそう。

（でもそれじゃ、七海さんは？）

昔から想い合っているわけではなかったのか。

「七海さんを好きなんじゃないんですか？」

「七海を？」

忍は結月を引き剝がし、目を丸くして顔を覗き込んだ。

「彼女を女性として見たことは一度もない。ただの幼馴染みだよ」

「電話で『もうむやみに会えない』って話してるのが聞こえて。……ごめんなさい、盗み聞きしようと思ったわけじゃないんです」

忍は訝しげな目をしたが、すぐになんのことか察しがついたのか、「あれは違う」と否定した。

「昔から人の迷惑も考えずに押しかけてくるタイプだから、釘を刺したんだ。結月との生活を邪魔されたくなかった」

「……そうだったんですか」

てっきり〝好きだけど会えない〟のかと勘違いしていた。

「政略結婚は表向きの理由。もちろんプレジールのためでもあるけど、結月を手に入れるのが目的だった」

「えっ、それじゃ」

「一年前のパーティーで会ったときから結月に惹かれてた。だがライバル会社の息子では、キミのお父様に追いやられるのが関の山だろう？　合理的に結月を手に入れようと画策したのが業務提携だ」

　思いがけない打ち明け話だった。この結婚が、まさか結月を手に入れるためのものだったとは。梨々花に来た結婚話が、結月に移行しただけなのかと考えていたのだ。

「上條京也もやたらと結月の周りをちょろちょろして鬱陶しかったし、一気にすべてを片づけるには政略的に婚姻関係を結ぶのが一番だろうと」

　策略家と噂されるだけのことはある。しかも、外堀からじわりじわりと責めるのではなく、一気に敵陣に攻め込んでくるのだから。

「忍さんがそんなふうに想ってくれていたなんてうれしい……」

「ずっと結月が好きだった」

「私もです。好きです、忍さんが」

　いつか言えるといいなと願っていた未来が、こんなにも近くにあるとは想像もしなかった。

「でも初夜の後から寝室はべつで、忍さんから誘われもしないから私……」

「不安にさせて悪かった。だが本当はあの夜も結月を抱くつもりはなかったんだ」

「……どうしてですか？」

初夜まで先送りにされたら、まさに書面上の夫婦なのだと、もっと不安を抱えていたかもしれない。それに彼に対する気持ちを自覚できたのは、あの夜があったからでもある。

「結月が俺を好きになるまで我慢したかったんだ。それなのに上條からの電話で自制心が軽く吹き飛ばされたよ。結月は俺だけのものだぞって思ったら止まらなかった」

忍がそんな葛藤をしていたなんて知る由もない。プロポーズも婚約指輪も、きちんと段階を踏んできた忍だからこそ、初夜もプロセスのひとつだと思ったから。

「本当に悪かった」

結月まで切なくなるほど切実な声だった。ぎゅっと抱きしめられた腕の中で首を横に振る。

「忍さんの本心が聞けて、私とてもうれしい」

忍はずっと前から結月を好きでいてくれていた。それだけで悩んでいた時間すら愛おしい。

結月たちはお互いに相手を思いやって遠慮していたのだ。それぞれの気持ちを尊重するあまり、見事にすれ違っていた。

「結月、俺も今最高にうれしい。本当なら今すぐ結月が欲しいが、時間に追われて駆け足で抱きたくない」

今日はこのあと仕事だ。それも共同プロジェクトのミーティングが控えているから、朝からゆっくり愛を確かめ合う余裕はない。

「今週末、もう一度ふたりの初夜を仕切りなおそう。結月を連れていきたいところがあるんだ」

「どこですか？」

「行ってからのお楽しみ」

忍が微笑みながら気を持たせる言い方をする。

「それじゃ楽しみに待ちますね」

結月が微笑み返したら、忍は甘い口づけをくれた。


その日、久我山旅館とプレジールとの打ち合わせは今後のスケジュールや建築会社の入札準備など各方面の擦り合わせ案件が多数あり長丁場も覚悟していたが、トータルで一時間という手際の良さだった。

おそらくそれはリーダーである忍の手腕によるところが大きいだろう。最初から時間内に結論を出すという意識で忍がメンバーに取り組ませるため、議論の進行度合いが格段に違う。最終的に判断できる忍が結論を出し、持ち越しはしないようにしている。

打ち合わせ終了後に議論された内容や結論の確認を各自でし、再度、議事録を見てミッションを自覚させるという手法で、メンバーそれぞれは今からなにをすべきかの確認もさせられる。

そのためには結月が常々担当している議事録は、とても重要な役割だ。ミーティング中に取り急ぎ入力していた議事内容をデスクで清書していたら、百々が声をかけてきた。

「結月さん、今日は顔色がとってもいいですね。少し前まで様子がちょっとおかしかったけど元気になってみたいですし」

「え？　そうかな」

ドキッとして百々を見る。

「はい。なにかいいことでもありましたか？」

なんて鋭いのだろう。忍と気持ちが通い合ったため、結月はまさに絶好調と言える。それまでの悩みが一気に吹き飛び、とても幸せなのは間違いない。

「じつはちょっとだけ」

人差し指と親指で〝ちょっと〟という仕草で謙遜したが、本音ではとってもいいことだ。

なにしろ片想いが実り、政略結婚の話が持ち上がったときに結月が願っていた相思相愛の夫婦になれたのだから。

「わぁ、なにがあったんですか？」

「それは内緒」

唇の前に人差し指を立てる。

「えーっ、教えてくださいよぉ」

百々が結月の腕を掴んでねだるように揺するが、ふふふと笑って誤魔化す。もしも忍と本当の意味で夫婦になれたのだと白状したら、百々のことだから夫婦の営みに話が及んでしまうだろう。よく通る大きな声で直接的な言葉を出されたら恥ずかしい。

「ま、でも結月さんが元気になってよかった。やっぱり結月さんはいつもほわっと癒し系でいてくれなくっちゃ」

「百々ちゃん、心配かけてごめんね。それとありがとう」

「どういたしまして。さてと、私も仕事をがんばりますかねー」

軽く気合を入れて自分のデスクに戻っていく百々を見届けながら、今週末に思いを馳せる。

（いったいどこへ連れていってくれるのかな）

行き先は見当もつかないが、考えるだけで楽しみで仕方がなく顔が綻んでしまう。早く週末にならないかと待ち遠しくてたまらない。

初夜を仕切りなおすという言葉から、ついそちら方面に想像が飛び、慌てて頭を振って追い出した。

百々同様に気合を入れるべく頬をペチペチ叩く。

（私も議事録を仕上げなくちゃ）

プロジェクトメンバーの課題の一助になるように。

結月はいつも以上に強い意気込みでパソコンに向かった。

その週末――。
高速道路を使って車を飛ばし、結月が忍に連れられてやって来たのは伊豆《いず》高原だった。海を見下ろす高台に建つ白亜の御殿は忍が所有する別荘だという。年に何度か、リフレッシュのためにひとりで滞在しているのだと。

陸に浮かぶ客船のような外観は丘にせり出し、今にも出航しそうである。

「別荘まで持ってるんですね」

車から降り、建物を見上げる。

たくさんの素晴らしいホテルを経営しているから泊まる場所には事欠かず、別荘の必要性をあまり感じないが、矢神家はそうではないのだろう。

「じつはこのあたりにプレジールの建築を進めたかったんだけど、必要とするだけの用地を手に入れられなくてね。でもここから眺める景色をどうしても諦めきれなかったんだ」

「だから別荘を？」

「そう。おかげでひとり占め。おいで、結月」

忍はふたり分の大きなバッグを片手にまとめ、結月の手を取って別荘の中に誘った。

玄関から入ってすぐに、二層吹き抜けのエントランスが結月を出迎える。トップライトから傾いた午後の光が降り注ぎ、白い壁と相まってとても明るい。

そのまま手を引かれて中へ入れば、黒い大理石のフロアがリビングまで続き、白い壁とのコントラストがとてもクールだ。海に向かって緩やかに曲線を描く大開口からパノラマの海が臨める。

「すごーい！」

思わず窓まで駆け寄り、その眺望に見入る。諦めきれなかった景色というのがよくわかった。ここにホテルを建てたかったというのも。

「ひとり占めしたくなるだろう？」

「はい、本当にそうですね。……あ、でも私に見せたらひとり占めじゃなくなっちゃいますね」

「結月にだけ特別だ」

背後に立った忍が結月を抱き寄せる。

「うれしい。ありがとうございます」

髪に触れた忍の唇に熱を感じ、鼓動が密かに跳ねた。

「すぐにでも結月を抱きたいけど、せっかくここまで我慢してきたから、夕食を済ませるまで辛抱するか」

なんと答えたらいいのかわからず、結月は腕の中で息をひそめる。

想いを伝え合ったあとの数日間、ふたりは寝室をべつにしてきた。というのも、一緒に寝たら手を出さずにはいられないからと、忍が提案したためだ。

はしたないと思われるのが怖くて言えなかったが、結月はそれでもいいと思っていたのだけれど。初夜を仕切りなおすと言った以上、忍はどうしてもお気に入りのこの場所でリスタートを切りたかったのだろう。

別荘近くのフレンチレストランで夕食をとり、再び別荘へ戻ったふたりは、リビング同様に海を見下ろせる半露天の風呂に揃って浸かった。

ライトアップされた庭の向こうに、暮れゆく海が幻想的に広がる。忍に抱きしめられ、キスを交わし合い、少しずつふたりの体の温度を上げていく。

いや、それ以前からすでにお互いを求めて体温は上昇し、来たるべき時を待ち焦がれていたのは明白だ。

バスローブに身を包み、ベッドルームまで忍に抱き上げられる。天井高を抑えた寝室はシルバーグレーで統一されたシックな空間だった。ハイサイドライトだけが灯る部屋は静けさに満ち、これから甘い時間を迎えるようには見えない。

結月をそっとベッドに下ろした忍が妖艶に微笑む。

「はじめて結月を抱いた夜が、ものすごく昔に感じる」

「私もです」

それはきっと、やっとという想いが強いせいだろう。

忍が目尻に笑みを浮かべる。

「ようやく結月を抱ける。今夜は遠慮しないからな」

ドキッとさせられているうちに唇が下りてきて重なった。

啄むようにしていたキスが次第に熱を帯びてくる。唇をペロリと舐められ、驚いて口を開いた隙を突いて舌が挿入された。

唇よりも熱く、ねろりとした感触が結月の口腔内を自在に這い回る。

「っふ……ぁ……」

丸めていた舌は忍にさらわれた。あたたかな吐息と艶めかしい舌の感触で、意識がとろけてしまいそうになる。いや、意識だけでなく体は着実にそうなりつつあった。

キスの温度が上がるにつれ、じわりじわりと体温も上昇していく。腰のあたりがほわんとして、熱いなにかを感じた。

彼の唇が首筋を伝っていく。時折ピリッとした痛みを感じるのは強く吸いついているためか。

忍の手がバスローブの合わせ目を解きはじめた。

どことなく性急な手つきが、余裕のなさを感じさせる。いつも紳士的で余裕のある忍のそんな様子が結月の鼓動を速めていく。

紳士的な忍はもちろん素敵だが、今目の前で蠱惑的な空気をまとった彼に胸の高鳴りが抑えられない。

「私もずっとこうしたかったです」

思っていることを素直に白状する。

抱かれずに過ごしたいくつもの夜を思い返し、切なさに胸が震えた。いつかきっとと思い描いていたが、過ぎてみれば、それは強がりだったのだと痛感する。

忍に触れたくて、触れてもらいたくて、そんな願いから目を逸らしていたのだ。

忍は目をわずかに見張り、色欲の色を濃く滲ませ、ふっと笑みを漏らした。

「結月の素直さはつくづく凶器だな」

以前にも同じようなことを言われなかっただろうか。

「どういう意味ですか？」

「煽るのが上手って意味」

「私は煽ってなんて――ひゃっ」

バスローブの前を一気に開かれ、白い膨らみがまろび出る。

いつになく荒々しい忍の様子を怖いとは思わなかった。むしろ、そこまで欲してもらえることに悦びすら感じる。

「結月のかわいいここも、俺を煽ってるな」

「え？」

なにを言っているのかわからず忍を見たら、ある部分をちょんと指先で弾いた。

「やっ」

「勃ってる」

ツツッと視線を下げて自分の胸元を見てみれば、忍の言うように左右の膨らみの尖端がすでにツンと上を向いて存在を主張している。恥ずかしさにカーッと熱くなる頬。キスだけでそうなってしまったのかと思うと決まりが悪い。

「そ、それは忍さんのキスが……」

「俺のキスが、なに？」

いたずらっぽい口調で問いかけながら、忍はバスローブを瞬く間に脱ぎ去った。美しく隆起した逞しい上半身が露わになり、結月の心拍数がぐんと上がる。

「その、気持ちよくて……」

ほかに言い方はなかったのかと自分に呆れる。しかしそれは事実だから仕方がない。忍にキスされているうちに体がじんじん痺れ、熱くて堪らなかった。

忍が盛大にため息をつく。

「ほんっとに結月は……」

再び結月に覆いかぶさり、忍が両方の膨らみを包み込む。硬く尖った蕾をよけるような触れ方がもどかしい。

「かわいくてかわいくて頭が狂いそうになる」

そう言うなり、その片方のてっぺんにむしゃぶりついた。

「あぁっ……ん……っ」

待ち焦がれた刺激が結月の背筋を逸らせる。突き出した胸を交互に唇で吸われ、硬くした舌先で容赦なく蕾を転がされる。

「忍さ……っ、ぁ、あ、やっ……」

あまりの気持ちよさに体は波を打ち、焦れた足はシーツの海を泳ぐように掻いた。

指先と舌で弄ばれる胸は酸素を求めて上下し、唇から淫らな吐息が漏れては消える。そうしているうちに下腹部には歯痒さがどんどん募っていく。奥のほうから熱いものが溢れ、じりじりと焦げるような感覚がしていた。

忍の指がウエストラインを通って薄い茂みを掻き分けた。

「そろそろこっちも触れてほしいだろう」

「ぁっ」

その先にある秘められた泉がすでに熱い蜜を湛えているのは、忍も気づいただろう。ヌルッとした感触で、そこの潤い加減は明白だ。

思わずキュッと足を閉じたが、忍の手を余計に引き込むことになり、指が秘裂を突き進む。

「ンンッ」

堪えたような声が漏れた。

「こんなに濡らして」

「いやっ、言わないでください」

「歓迎されてうれしいって言ってるんだ。恥ずかしがる必要はない。ほら、足を開いて」

優しく内腿を押し開かれた瞬間、生あたたかいものが溢れる。それをまとった忍の指は、泉と化した秘園で緩慢に動きはじめた。

「あ……ん、っふ……忍さん……それダメっ」

ぬちゃぬちゃと水音が淫らに響き、快楽を上乗せしてくる。襞を掻き分け浅い部分を往復するたびに、下肢が震え、呼吸が荒くなる。

「……結月は感じやすいんだな。どんどん溢れてくる」

冷静に言葉を発しているつもりなのかもしれないが、忍の息づかいはどことなくゾクッとさせる男の色欲を孕んでいた。余裕のなさが見え隠れして、そんなことですら結月の体を疼かせる。

そうしている最中でも絶えず結月を見つめる目には情欲がまざまざと浮かび、視線を絡ませたまま結月の下腹部へ沈んでいく。

「や、待って！」

そう言ったところで待つ忍ではないだろう。結月の足を立たせて開かせ、そこに顔を埋めた。直後、秘裂をあたたかく肉厚の舌が舐め上げる。

「んんっ……ぅ、ん……」

艶めかしい刺激に腰が波を打ち、下肢が震える。忍は溢れる蜜を指で掻き混ぜながら、その少し上にひっそりと息づく蕾を尖らせた舌で弾いた。

「やぁぁっ！」

鮮烈な快感が全身を走り抜け、ガクンガクンと腰が跳ねる。舌先でちょんと触れられただけで軽く達してしまったらしい。

「イッちゃった？」

「……はい、ごめんなさい」

あまりにも呆気なくて自分でもびっくりする。

「謝らなくていい。感度がいいのは最高だ。それに、色づいて濡れたここなんて本当に綺麗だよ」

「あんまり見ないで……恥ずかしい」

その部分を隠せないため、顔を真横に逸らす。そうしても、彼の前に淫らな場所を晒していることに変わりはないが。

ところが彼に見られているという羞恥心が、逆に結月の官能に火をつける。触れられてもいないのに、奥のほうからなにかがとろりと溢れる感じがして気が気でない。

「見られてるだけで気持ちいい？」

案の定、忍に意地悪な質問をされた。

「忍さんが……好きだから」

好きだから、見られているだけで感じてしまう。大好きな人だからこそだ。やっと心が通じ合い、触れ合えた喜びも関係しているだろう。

「……結月はほんとにもうなんなんだよ」

苦しげにそう言った忍は、再び結月の蜜泉を指で掻き回しはじめ、一度の絶頂でぷっくりと膨らんだ花芽を舌で転がす。

「あ、やっ、忍さんっ……そこっ、ダメぇっ……ダメなの……っまたイッちゃ……」

またすぐに快楽の波がやってきそうで怖い。そんなに何度もイッてしまって大丈夫なのかと不安だ。

まだたったの二回目。知ったばかりの女の悦びは、結月を少し臆病にさせる。

「大丈夫。何度イッたって死にやしない。思いのままに感じてごらん」

結月の心を読み取ったかのように忍が追い立てる。蜜壺に指を挿れ、ぐるりと回して壁を押すようにした。

「あぁっ、そこっいやっ」

これまでの刺激とは種類が違う感じがした。あまりの衝撃に腰が引けたが、逃がすまいと忍ががっちりと両腿を捕まえる。

そのうえ、コリコリになった花芽を唇で食まれたらたまらない。急速に溜まっていく疼きは、再び発散したくて暴れはじめた。

忍もそれを察知したのか、指の挿入を速めていく。濡れて光る秘珠は赤く腫れ、忍の舌が好き勝手に転がす。そしてとどめを刺すかのごとく、花芯をじゅっと吸った。

「しの……ぶさっ、も……あ、ぁ…………あっあああ！」

一気に膨れ上がった愉悦が限界でパチンと弾ける。足が震え、蜜窟はヒクヒクと痙攣し、咥え込んだ忍の指をなおも奥へ引き込もうとした。

酸素を求めて胸を上下させているうちに指がするんと抜ける。

寂しさを感じる間もなく、代わりにそこを埋めたのは猛々しく屹立した忍自身だった。絶頂の余韻に浸っていた結月は、不意打ちの挿入に腰をビクンと引いた。おそらく入ったのは切っ先だけ。

「痛かったか？」

「いえ……大丈夫です」

現段階で痛さはまったくないが、二度目でもあの猛烈な圧迫感があるのかと少し不安になっただけだ。

「ゆっくり挿れるから。力抜いて」

言われるままに息を吐いて脱力する。それに合わせて忍の雄身はズズと結月の中に侵入してきた。

開かれ慣れていない狭い隘路は窮屈感があるものの、はじめてのときほどの痛みや苦しさはない。それよりもむしろ、忍の形に変わっていく蜜壁に甘やかな刺激が広がっていく。

「あぁ……ぅ……ふぅ……」

「大丈夫か？」

忍は結月の反応を見ながら、ゆっくりと最奥を目指した。そしてようやく……。

「これで全部だ」

忍と心が通じ合い、こうして体も重なり合った。

そう考えたら胸がいっぱいになり、鼻の奥がツンとしてくる。

愛し愛される幸せを感じ、繋がった部分がさらにやわらかく解ける感覚がした。

「……忍さん、好きです」

どうしても伝えたい。心に溜めていた想いが結月の唇をつき動かす。

「俺も好きだよ、結月」

忍は愛しそうに結月の髪を撫で、額、頬といくつもキスを落とした。

結月を抱きしめたまま忍が腰を揺らしはじめる。唇をキスで塞ぎながら、ゆっくりとした抽送は規則的に速まっていき、結月の体をしならせ、腰を弾ませる。

「忍さん……好き、……好きですっ」

これまで伝えられなかったぶん、どれほど言っても足りない。

「結月、俺も……好きだ。結月……出会ったときから……」

抱き合ったままでは腰を存分に動かせないのか、忍は上体を起こし、大きく開かせた結月の内腿に手を添えた。さらけ出された淫路に熱く滾った熱杭を打ちつける。

くちゃくちゃという水音に交じり、肌のぶつかり合う音が静かな部屋に猥りがわしく響いた。

「あぁっ……はぁ、あ、そんなにしたら……！」

激しい交わりは熱せられた結月の蜜泉をしとどに濡らしていく。溢れた芳醇な蜜は会陰を伝い、シーツに淫猥なシミを作る。

「しの……さ、熱いっ……熱いの……ぁっ」

繋がった部分の熱さで体が溶けるのではないか。

いっそ溶けて、このまま忍と混ざり合ったら、それもまた幸せかもしれない。

「これが俺の熱だ。覚えて」

忍の腰の動きとせり上がる快感が結月の体を揺らし、胸の膨らみも前後に弾む。

ぐりっと内奥をえぐられ、結月の腰がぴくんと跳ねた。その瞬間、快楽の膨張が限界を迎える。

「ぁんっ……忍さん、もうダメ……イッちゃう……！」

目眩にも似た大きな波に呑まれていく。下肢が硬直し、蜜壁が激しく蠢く。

「いいよ、俺ももう……っ」

忍は大きく腰を穿った後、小さな呻き声を発して動きを止めた。まだ絶頂の残響にヒクつく結月の中に熱い飛沫を受け止める。お腹までじわりとあたたかくなる感覚に幸せを噛みしめた。

「……結月」

愛に満ちた呼びかけに目を開けると、忍の優しいキスが降ってきた。

「愛してる」

「私もです」

胸の奥から溢れてくるあたたかな気持ちは留まることを知らない。リスタートを切った忍の大切な場所で、これが愛というものなのかと結月はしみじみと実感していた。

忍び寄る影

こんなにも幸せでいいのだろうか。

忍と想いを伝え合ってから二週間。結月は自分でも怖いくらいに幸せな毎日を送っている。

ずっとひとりきりで寝ていた寝室で忍と一緒に迎える朝は、なににも代えがたいもの。別荘で過ごしてからは毎晩のように体を求められて激しく抱き合うため忍の体調が心配になるが、彼は驚異的な体力の持ち主なのか、全然堪えていないようだ。

毎朝、早く目覚め、結月を優しいキスで起こしてくれる。そこからもう一度抱かれるのもしばしばである。

今朝は揃ってシャワーを浴び、そのままパウダールームにあるソファの上で時間ギリギリまで求め合ってしまった。大急ぎで朝食を食べ、後片づけもそこそこにマンションを飛び出した。

両親から政略結婚を言い渡されたときには、こんなに早く満ち足りた日々がやって来るとは想像もしていなかったのに。

激動の私生活と同様に、仕事も軽井沢リゾートの開発で日々慌ただしい時間が過ぎている。建設会社の入札が終わり、本格的に設計段階に突入。事業統括部はいつになく活気づいている。

結月もまた、担当を任されたアメニティの選定が佳境に入り、今日もお昼の時間が大幅にずれ込んだ。

結月と一緒にお弁当を食べたいからと時間をずらした百々とふたり、休憩室のテーブルに向かい合って座る。

「結月さん、この頃本当に幸せそうですよねー」

唐突に言われ、目をまたたかせる。

「そうかな」

自覚はあるが、それがそのまま外面的に表れているのは意識していなかった。

「はい。キラキラって音が聞こえそうなくらい笑顔が弾けてますし、幸せオーラがひしひしと伝わってきます」

お弁当箱の蓋を開けながら百々がにっこり笑う。

「うん、とっても幸せ」

思わず〝とっても〟の部分に実感がこもった。

なにをしていても常に忍が心や頭の中にいて、それだけで満たされてしまう不思議。すべてにおいてやる気が漲り、いつでもニコニコ笑顔になってしまう。

「うわぁ、いいなぁ。結月さんを見てると結婚も悪くないなって思います。政略結婚を感じさせませんもんね。でもまぁ結月さんなら、矢神副社長が落ちるのもわかりますけどね」

「百々ちゃん、私を買いかぶりすぎだから」

「そんなことありませんって！　結月さん、年下の私から見てもかわいらしいし。社長令嬢だけどそれを鼻にかけないから、結月さんのファンが社内にはゴロゴロいるんですよ？　結月さんの結婚にショックを受けてる男子社員も大勢」

「百々ちゃんってば、ゴロゴロなんて」

思わずクスッと笑う。社長令嬢らしくないのは自覚しているが、ほかは全部オーバーだ。

「でも、ありがとう」

慕ってくれる百々には感謝したい。

結月が微笑み返したところで、テーブルに置いていたスマートフォンがヴヴヴと震える。画面を見たら、結月の母親からの着信だった。

箸をいったん置き、百々にひと言断って席を立つ。休憩室を出て通路の端に寄った。

「もしもし、お母様、どうかしたの？」

『あれからどうしてるかなって思ってね。ほら、うちに来たときに離婚がどうのって言っていたじゃない』

結月が離婚したら、業務提携はどうなるのかと質問したときのことだ。今が幸せだから、すっかり忘れていた。

「ごめんなさい。忍さんとはうまくやってます」

『本当に？』

「うん、忍さん優しいし、すごく幸せ」

結月はいったい何度、こうして今の自分の状況を噛みしめるのだろう。何回思い返しても満ち足りた気持ちにしかならない。

『そう。よかったわ。もしもまだなにか悩んでいるなら、伝えておこうと思ったことがあるの』

安堵のため息をつき、恵子が意味深な言葉を続ける。

「え？　なに？」

『忍さんには内緒にしてほしいって頼まれていたんだけど』

余計に気になる情報だ。耳にスマートフォンを押し当てる。

『結婚前にね、忍さんから結月の好みを教えてほしいってお願いされたことがあったの。好きな食べ物だとか、どういったものを普段から使っているかって』

「忍さんがそんなことを？」

『ええ、そうなのよ。だからハートマークが好きだとか、光風堂の和菓子、特に占いしるこは大好物だって教えたの』

（だから私の好みにぴったりのものばかりだったんだ……）

忍がことごとく結月の好きなものをプレゼントしてよこしたのは、恵子から聞いた情報が元になっていたらしい。

『忍さんは、新生活を送るにあたって結月に気持ちよく過ごしてほしいからって言ってたけど、本心では結月の気を引きたくて必死だったんじゃないかしら』

ハートのネックレスやピアス、占いしるこも、たまたま結月の好みに合致したわけではなかった。きちんと調べて、結月のためを思って用意してくれていたのだ。

結月の知らないところで、たくさんの愛を抱えて待ってくれていた。そう思うだけで胸が熱くなる。

『婚約指輪を用意したいから、こっそりサイズを調べてほしいって聞かれたこともあったわ。結月に直接聞いたら？　って言ったんだけど、サプライズにならないからって』

だから婚約指輪も結婚指輪も、まるであつらえたようにジャストサイズだったのだ。

『結月、聞いてるの？』

「うん……」

『だからなんの心配もいらないわ。忍さんを信じなさい』

「お母様、ありがとう」

うれしくて最後の言葉が震えた。

今すぐ忍に会いたくて堪らない。ずっと前から注ぎ続けてくれていた愛を思い知り、今にもその場から駆け出したくなる。

しかし仕事中。そんな私情が通るはずもない。

せめてお礼だけ伝えたくて、メッセージアプリでなんの脈絡もなく【ありがとうございます】とスタンプ付きで送ったら、すぐに既読がつき返信がきた。

【選択ミス？（笑）】

【違うんです。どうしてもそう伝えたくて】

今の結月の気持ちの昂りは、忍にはきっと伝わらないだろう。

【それじゃありがたく受け取っておく。今夜は仕事で遅くなりそうだ】

最後の一文にがっくりと落ち込む。忍に会える時間が少し先になってしまった。

たかだか数時間、されど数時間。

しかしそれを押し込め、【がんばってくださいね】と返す。忍が帰ったら、メッセージでは足りない〝ありがとう〟を目いっぱい伝えよう。忍のことだから、その流れでベッドに連れ込まれる可能性は大かもしれないが……。

そんなシーンを想像したら、鼓動がひとつ飛び跳ねた。


定時で仕事を切り上げ、久我山の本社が入居するビルのエントランスを出る。バッグからスマートフォンを取り出してみたら、【悪いけど食事はひとりで済ませておいて。俺も済ませてから帰る】と忍からメッセージが入っていた。

今日は家政婦も来ない日。ひとりでなにを食べようかと考えながら【わかりました】と返し、両手で丸を作ったウサギのスタンプも続ける。

（ひとり分を作るのは侘しいし……たまにはどこかでテイクアウトでもしようかな。うん、そうしよう）

どこで買って帰ろうか、あれこれ思いを巡らせていたら、不意に声をかけられた。

「あれ？　結月さん？」

声がしたほうに目を向けると、歩道の先のほうでひと際目立つ女性がこちらに歩いてくるのが見えた。七海だ。ひらひらと指先を振り、美しい笑みを浮かべている。

会釈しつつ互いに足を進め、目の前で立ち止まった。

「こんばんは。先日はありがとうございました。それと、情けない姿をお見せしてすみません」

会うのはあの夜以来である。ワインを飲んで寝入り、七海の見送りもできなかった。

「いいのいいの、気にしないで。今仕事帰り？」

「はい、そうなんです」

「あぁ、そういえば久我山の本社はこの辺りだったものね」

旅行会社勤めの七海ならホテルの所在地はもちろん、本社の情報も詳細に摑んでいるだろう。

彼女は指先をぐるりと回すジェスチャーをしてから、なにかを思いついたように目を輝かせた。

「仕事が終わったなら、これから一緒に食事でもどう？」

唐突に誘われて面食らう。たった一度会っただけの七海から、食事へ招待をされるとは想定外だ。

「新婚さんは無理かしら」

戸惑う結月に七海が優しく微笑みかける。

忍は七海を遠ざけたい様子だったが、大切な幼馴染みには違いない。せっかく結月に歩み寄ろうとしてくれているのに、断るのは失礼ではないだろうか。

幸いにも忍は残業で夕食の心配もない。食事をするだけなら忍より遅くなりはしないだろう。

「大丈夫です。忍さんは今夜遅くなると言っていたので」

「よかった。それじゃ行きましょ」

結月の肩にちょんと触れ、体の向きを変えさせる。目的の店は結月の向かう方角とは違うようで、来た道を引き返した。

忍に【七海さんとばったり会ったので、お食事していきます】と素早くメッセージを送り、七海についていった。

到着したのはレストランではなくダイニングバーだった。地下一階の店内は大きな水槽が壁に埋め込まれ、青い光に満ちている。とても幻想的な雰囲気だ。

カウンター席のほかに円形のテーブル席が五つほどあり、七海はそのテーブルのほうに足を向けた。てっきりふたりきりだと思っていたら、そこに座るスーツ姿のふたりの男性が七海に気づき手を上げる。

忍や七海と同年代。どちらもいかにもモテそうな雰囲気のある爽やか系の男性だ。

「お待たせー」

手を振り返す七海の後ろで、結月は尻込みして足を止めた。

（どうしよう。私、あの輪に加わっても平気なのかな）

大人っぽい三人を前にして場違い感が半端ではない。

「結月さん、どうしたの？　おいで」

「なになに、七海の友達？」

存在に気づいた男性ふたりが首を伸ばして結月を見る。

会釈にもならない仕草で困っていると、七海は結月の手を引いて彼らの元に導いた。

「そうなの。幼馴染みの奥さん」

「えっ、キミ、結婚してるんだ？　七海もまだなのに」

「余計なことは言わないの」

顔を見合わせて茶化すふたりに七海が釘を刺す。

「結月さんはここに座って」

七海は隣の椅子を引き、結月を座らせた。

「結月さんって言うんだね。俺は永一《えいいち》でこっちが」

「宗平《そうへい》」

サラサラヘアの永一に親指で差された男性のほうも自分で名乗る。

宗平はやわらかなパーマヘアに銀縁のオーバル眼鏡をかけていた。ふたりとも七海の大学時代の友人だという。

「結月さんも私と同じものでいい？」

「あ、はい。お願いします」

こういった店はあまり慣れていないため、そうしてもらえると助かる。

それほど待たずして出されたのは、ジンベースのスターダストレビューというカクテルだった。美しいブルーが目にも鮮やかだ。

乾杯のあとにそっと口をつけたら、香りがよく甘さのないキリッとした味わいだった。

三人は近況報告のような話に入り、結月はひとりカクテルを飲み進める。

誘われるままに来てしまったが、知らない人の中にぽつねんと身を置きとても心細い。

（あまり遅くなりたくないし、これを飲み終えたら帰ろう。一杯だけ付き合えば大丈夫よね）

グラスを握りしめ、チビチビと口をつける。飲みやすさはあるが、さすがに一気飲みはできない。

「それにしても結月ちゃん、かわいいね」

いきなり宗平に話を振られた。反応に困り、小さく「ありがとうございます」と返すので精いっぱい。

「でしょう？」

「宗平の好み、どんぴしゃだよな」

永一が笑って宗平の肩を小突く。

「だめよ、宗平。結月さんは既婚者なんだから」

「あぁ、七海の幼馴染みが旦那だっけ？」

「そうなの。結婚してまだ一ヶ月くらい？」

七海に聞かれ「……はい」とぎこちなく頷く。

「うわぁ、新婚さんだ。結月ちゃんみたいな奥さんが家で待ってたら、俺、毎晩猛ダッシュで帰るなー」

「宗平、鼻の下デレッと伸びすぎ」

永一にたしなめられ、宗平が「うるせー」と返す。

（やだな……。本当に早く帰りたい）

忍以外の男性に言い寄られるのが耐えられず、どんどん委縮していく。

（一気に飲み干して、帰らせてもらおう）

手にしていたグラスを傾け、残っていたカクテルをすべて喉に流し込む。度数はそれほどなさそうな見た目だが、体がカーッと熱くなった。

「あの、私はそろそろ」

「もう帰るの？　忍も遅くなるんでしょ？　あともう一杯だけ。ね？」

バッグを掴んで立ち上がったが、七海が引き留める。

「そうだよ、結月ちゃん。せっかく来たんだからもう少し俺らに付き合って。同じものでいいかな？」

「いえ、ですが……」

当惑する結月を尻目に宗平がカウンターの中にいるスタッフに声をかけ、もう一杯注文してしまった。

「はい、結月ちゃん、座って」

椅子の座面をトントンと叩き、立ち上がった結月の腕を掴んで座らせる。にっこりと笑っている割には強引だ。

仕方なくもう一度腰を下ろす。

（あと一杯だけ飲んだら、今度こそ帰ろう）

そう誓い、すぐに運ばれてきたカクテルを手に取った。

「そんなに急いで飲んで、早く帰りたい？」

宗平が隣から顔を覗き込む。メガネのブリッジを持ち上げ、首を傾げた。

「あ、いえ、そうではないのですが……。夫も帰ってきますし」

「だけど仕事なんだろう？」

ただ単に帰りたいのは見透かされているようだ。

「それほど遅くはならないと思うので」

「じゃあ、俺とジャンケンして結月ちゃんが勝ったら、そのカクテルは俺が代わりに飲むよ」

「帰ってもいいってことですか？」

「そう。その代わり俺が勝ったら、結月ちゃんはさらにもう一杯俺らに付き合う。どう？」

確率は二分の一。だけど勝ったら、すぐにここから出られる。

当然ながら結月が負ける可能性もあるが、このままここにズルズルといるより勝つ確率に賭けたい。

栄一は「おい、宗平、やめとけって」と制するが、七海は静観。テーブルに頬杖を突き、ふたりの様子を楽しそうに眺めていた。

「やります」

「そうこなくっちゃ。じゃ、いくよ。ジャンケン……」

宗平のかけ声で結月も右手をグーにして振る。

「ポン」

一縷の望みを託し、ふたり同時に前に突き出した。

（――嘘）

結果を目の当たりにして体から力が抜ける。

結月はパー。宗平はチョキだった。

「はい、結月ちゃんの負け。じゃ、この後にもう一杯だね」

負けも覚悟していたとはいえ、カクテルをあと二杯も飲まなくてはならず愕然とする。

「昔から宗平は、どういうわけかジャンケン強かったもんな。結月ちゃん、相手が悪かった」

それならもっと強く引き留めてくれればよかったのにと、つい責任転嫁する。挑んだのは、ほかでもなく結月だ。

（賭けに乗った私が悪いんだもの。とにかく早く飲んじゃおう）

グラスを手に取り、二杯目をひと思いに飲み干す。先ほどよりも喉に熱さを感じないのは、すでにアルコールが体内に入っているせいか。

「おお、結月ちゃん、いい飲みっぷり」

グラスをテーブルに置いたら、視界がくらっと揺らいだ。

「結月さん、大丈夫？」

「……はい。あと一杯お願いします」

心配そうに見つめる七海にお代わりを頼む。早くここから出たい。

しばらくして出された三杯目だったが、なぜか二杯目のようにひと息で飲み干せない。体がふらふらして、座っているのに異様に重さを感じる。おまけに強烈な眠気まで襲い、瞼が自然と下りてきた。

それでもなんとかグラスを傾け、半分まで漕ぎつける。

「結月ちゃん、あと少しだよー」

決して声援にならない宗平の声が、やけに遠くに聞こえた。体が前のめりになり、テーブルに乗せた両腕に額を乗せる。

体が熱くて、ものすごく眠い。

「結月ちゃーん、おーい、大丈夫かー？」

「宗平、お前やりすぎだっての」

「っていうか、七海がやたらと度数の高いカクテルを頼むからだろう？　この子、お酒弱いんじゃないのか？」

「それを見越して飲ませたのは宗平でしょう？」

そんな会話が霞んでいく意識の狭間で聞こえていたが、結月に反応する力は残っていなかった。

遠く遠く、白んでいく世界。

結月はやがてそのまま意識を手放した。

＊＊＊＊＊

軽井沢リゾートの着工にあたり建設会社の入札も終わり、上層部への報告を終えて副社長室へ戻った忍は、デスクに置き去りにしているスマートフォンにメールが届いていることに気づいた。

差出人不明のメールだったため普段なら開かずにごみ箱行きだが、そのときはなんとはなしに指が動きメールを開く。

どうせどこかのサイトへの誘導かフィッシングメールの類だろう。

そう予想をつけた忍だったが、そのメール本文に貼り付けられた写真を見て顔色が青ざめる。結月が男にしなだれかかるようにしていたのだ。どこかの店なのか、青白い光で満ちた場所だ。

「……なんだよこれは」

思わずスマートフォンを床に投げつけそうになる。

即座に結月の番号を呼び出すが繋がらない。そのまま留守番電話に切り替わり、無機質な音声が流れた。

「くそっ、なんなんだ」

メッセージアプリを開くと結月からのメッセージが届いており、七海と食事をしてから帰るとあった。

（まさか七海が――）

急いで七海の番号を呼び出したら三コールで『あら、忍』という声が返された。能天気な声に苛立つ。

「結月はどこだ」

『やだ、いきなりどうしたの？』

「どうしたじゃない。結月と一緒なんだろう？　今どこにいるんだ」

『どうして私に聞くの？　忍の奥様でしょ？　そんなの知らないわよ』

しらを切るつもりらしい。そんな態度が忍の癇に障る。

「写真を送ってきたのがお前なのはわかってるんだ」

『写真ってなんの？　とんだ濡れ衣もいいところだわ』

とことんしらばっくれるつもりらしい。

七海と話していても埒が明かない。忍は一方的に通話を切り、副社長室を飛び出した。

「副社長？　恐ろしい顔をして、なにかあったのですか？」

ちょうど秘書室を出てきた上村が忍を見てギョッとしたような顔をする。

「悪いが、急ぎの用事ができた。あとは頼む」

「えっ!?　矢神副社長!?」

上村を振り切り、エレベーターに乗り込んだ。その間にもスマートフォンで結月のナンバーを呼び出し続ける。しかし、何度かけても事態は同じ。留守番電話が応答するだけだった。

エレベーターの壁を力任せにドンと殴ったら、鈍い音を立てて箱がぐらりと揺れた。

「くそっ！」

歯をキリキリと食いしばり拳を握る。

とそこで、あることを思い出し、スマートフォンのウェブサイトを開いた。

（あれなら結月を見つけられるんじゃないか……⁉）

いつだったか、行方知れずになった結月のスマートフォンを探しだしたアプリ。あれを使えば居場所が掴めるに違いない。

一縷の望みを託し、そのサイトに飛ぶ。結月のＩＤもパスワードも入力され、ログイン状態が保たれていたのは不幸中の幸いだった。

結月のナンバーを入力し、砂時計が表示された数秒後、ＧＰＳが指し示したのはよく知るホテル、プレジール東京だった。

忍に送りつけられた写真の男の部分だけを拡大し、フロントのパソコンに送信。エレベーターを降りてすぐフロントに電話をかけ、その男が来た形跡があるか調べるよう指示を出した。

もしもすでにチェックインしていたら、口実をつけて部屋に向かってくれと依頼する。忍のただならぬ様子を嗅ぎ取ったスタッフは、なんとかやってみますと言ってくれた。

自分の車に飛び乗り、急いでプレジール東京を目指す。

おそらく七海の嫌がらせだ。

彼女に好意を寄せられているのは、昔からなんとなく感じていた。しかしプライドの高い七海が、自分からアクションを起こさないのをいいことに放置したのは忍の失態。結婚を黙っていたのも結月への接触を避けるためだったが、いつまでも隠し通すのは無理だとわかっていたのに。

（どうしてもっと早く手を打っておかなかったんだ）

自分で自分に腹が立つ。

「策略家が聞いて呆れる。詰めが甘いのもいいところだろっ」

信号待ちで止まり、溜まったフラストレーションからハンドルをバンと叩いた。


十分後、プレジール東京のエントランスに車を横づけにし、フロントに走る。ベルパーソンに「矢神副社長!?　お車はどういたしますか!?」と呼び止められたが、それに答える余裕もない。

タイミングよくフロントにはお客の姿がなく、チェックインカウンターに滑り込むようにして立ち止まった。

「副社長、お疲れ様です」

「さっきの男はどうだった」

「すでにチェックインを済ませて部屋に。申し訳ありません、何度も電話をかけたり部屋を訪問したりしたのですが、まったく応答がないんです」

やはりそうか。であれば——。

「マスターキーを貸せ」

「ですが……」

「一刻を争う事態だ。職権乱用だと上に報告してもらってもいい。とにかく出せ」

たとえそれで処分を下されようが構わない。結月以上に大切なものなどないのだ。

「早くしろっ」

最初こそ渋っていたスタッフも鬼気迫る忍の様子に覚悟を決めたのか、マスターキーを差し出した。

ルームナンバーを聞き、エレベーターへ急ぐ。普段なら気にならない速度がやけに遅く感じる。上昇するにつれ焦りも増すばかり。

目的のフロアに止まるや否や、ドアの隙間をこじ開けるようにしてエレベーターを降りた。

結月が連れ去られた部屋を目指して駆け出す。チャイムを鳴らし扉をドンドン叩くが、やはり応答はなかった。

すぐさまマスターキーをドアにかざして開錠し、中に踏み込む。

「結月！」

薄明かりの中、ベッドの上に写真の男らしき人影があった。奇襲とも言える突入に目を見開き、膝立ちになる。

結月はその男の足元だ。意識がないのか、忍にも気づかない。

彼女の洋服には乱れこそないが、体中から怒りが込み上げて手が震える。荒ぶる呼吸を自分ですら持て余しそうだ。

「な、なんだよ、お前は」

忍は脱兎のごとくベッドへ行き、男を突き飛ばした。

「――いってぇ！　なんなんだよ」

ベッド下に無様に転がった男が体をさすりながら起き上がる。忍は、なおも掴みかかろうとしてきた男を手だけで制した。

「汚い手で俺に触れるな」

冷ややかな声で、突き刺すような目をして睨み上げる。

本音を言えば今すぐ男の胸倉を掴み、完膚なきまでに叩きのめしてやりたい。それをせずに堪えるのは、もしも今結月が目覚めたら、怒りに狂った忍を見て恐怖を覚えるに違いないから。結月の前では紳士的な男でありたい。

男は、忍からただならぬ怒りを感じ取ったのだろう。それだけで怯み、息を呑んで動きを止めた。

「結月、結月」

声をかけて肩を揺するが、くたりとなった結月が目を開ける様子はない。呼吸を確かめるために顔を近づけたら、ぷんと酒の匂いがした。

「妙なものを飲ませてないだろうな」

「べ、べつに俺はなにも。か、彼女が勝手に酒を……！」

威圧するような忍の口調に首を横に振る。目が怯えていた。

であれば、結月はアルコールで寝入っているだけだろう。

起こさないように彼女をそっと抱き上げた。結月はこんな状況を知らなくていい。怖い思いをした記憶など刻む必要はない。

ドアまで行き、男を振り返る。

「このままで済ませるつもりはない。この始末は必ずつけてもらうから肝に銘じておけ」

「なっ……」

酔って眠っているうちに女性をホテルの部屋に連れ込むなど言語道断。

（――それも俺の妻だ。ありえない）

忍は今にも溢れて暴走しそうになる怒りをなんとか抑え込み部屋を後にした。


翌朝。寝室のベッドで目を覚ました結月は上体を起こし、寝ぼけ眼で部屋を見渡した。

よく晴れた土曜日の空は、寝坊するのがもったいないほど。カーテンの隙間から眩い光を部屋の中に伸ばしている。

「私、どうしてここに……？」

飲んでいた店から一気にここへワープでもした感覚なのだろう。

男にホテルに連れ込まれたのも危機一髪だったのも、結月が寝入ってからのいっさいにも身に覚えがないみたいだ。それならそれが一番いい。

「もしかして忍さんが迎えに来てくれたんですか？」

昨夜、結月の身にはなにも起こらなかった。七海に誘われ、酒を飲んで寝入ってしまっただけ。そこに忍が迎えに行き、自宅へ連れ帰った。それでいい。

「いったいどれくらい飲んだ？」

クスリと笑う忍に結月が目をぱちつかせる。

先に着替えを済ませた忍はベッドに腰を下ろし、彼女の頬に触れた。

「カクテルを三杯くらいだったんですけど……」

「これからは俺のいないところで飲むのはやめようか」

優しく諭すように言いながら、有無を言わせぬ強さを視線に滲ませる。二度とこんな思いは御免だ。

迷惑をかけた引け目があるのだろう。結月は素直に頷き……。

「本当にごめんなさい」

頭を下げたあと、自分の姿を見てハッとする。

「もしかして、着替えも忍さんが⁉」

「あのままじゃ寝づらいだろう？　心配するな、じっくりは見てない」

「……じゃ、チラッとは見たってことですよね」

結月の頬が真っ赤に染まる。

「目を閉じていたら着替えさせられないだろ。今さら恥ずかしがることもない。俺は結月のすべてを知ってるんだから」

　ほかの誰にも絶対に晒してなるものか。

「そ、それはそうかもしれませんが……」

　おろおろする様子がたまらなく愛しい。

「ともかくシャワーを浴びておいで。バスタブにお湯も張ってある。俺はちょっと出かけてくるから」

「忍さん、今日もお仕事なんですか？」

　結月が不思議がるのも無理はない。このところ土曜日は毎週、結月と一緒に過ごしていたから。

「大事な仕事を残してるんだ。それを片づけたらすぐに戻る」

「わかりました。いってらっしゃい」

　結月の唇にキスをひとつ落とし、軽くリップ音を響かせて離れた。

　玄関を出た途端、忍の表情が冷淡なものに一変する。スマートフォンを取り出し、七海の番号を呼び出した。まだ寝起きの声で応答した彼女に「三十分後に部屋に行く」とだけ告げ、返事も待たずに通話を切った。

　手にした書類には、今朝までに上村に調べさせた内容が事細かに記載されている。それをぐしゃりと握り潰してしてしまいたい衝動を必死に抑えながら、忍はハンドルを握った。

予告通り三十分で到着した七海のマンションは、昼夜が逆転する賑やかな繁華街のすぐ近くにある。インターフォンに応答した彼女の声がどことなく弾んでいることに苛立ちを覚えながら、セキュリティゲートを抜けて玄関ドアの前までやって来た。

もう一度インターフォンを押すと、すぐにドアが開く。

「忍から来てくれるなんて！」

電話したときには目覚めたばかりのような気配が漂っていたが、髪の毛はしっかり整えられ、メイクもばっちりだ。

「こんなに朝早くからどうしたの？　……って、なに？　なんでそんなに怖い顔してるの？」

忍がなにをしにここへ来たのか予測も立てられないとは、どれほど能天気なのか。昨夜、自分がどれほどのことをしたのか自覚していない証拠だ。

「これがどういうことなのか説明してもらおう」

忍はポケットから取り出したスマートフォンを七海に突き出した。そこには昨夜送りつけられてきた写真が表示されている。差出人は不明だが、結月と一緒にいた七海以外には考えられない。

七海はそれを見て一瞬目を泳がせた。

「ちょっと、どうして私がこんな写真を忍に？　冗談もたいがいにして」

「それはこっちのセリフだ。調べはすべてついてる」

「調べってなによ。結月さんって、初心そうに見えて意外とやるのね」

「なに!?」

思わず摑みかかりたくなるのを必死に押しとどめる。相手は女だ。

忍は荒ぶる気持ちをなんとか抑え、手にしていた紙を七海の顔の前に突き出した。今朝、上村から送られてきたメールをプリントアウトしたものだ。結月と一緒に写っている男の経歴、ふたりがいた店、そこにいた面子まで事細かに上村が調べ上げたものである。

「な、なによそれ」

七海がひったくるようにして忍から用紙を奪い取る。目を皿のようにして上から下まで文字を追うにつれ、それまで素知らぬふりを貫き通していた彼女が、みるみるうちに動揺を色濃くしていく。呼吸は乱れて肩が上下し、口は言葉を紡ごうとしているのかパクパクと情けなく閉じたり開いたりしていた。

「これでもしらを切るつもりか」

「ち、違うわよっ。写真は確かに私が撮って忍に送ったけど、先に帰ったから知らないの！　宗平が彼女にお酒を勧めて、その後のことは本当に知らないんだってば！　信じてよ、忍！」

縋りつくようにした七海の手を邪険に振り払う。

「今さら信じろと言われても無理だ。今後いっさいサクラトリップとの取引を停止する」

「なっ……ちょっと待ってよ！　そんなことされたらうちは！」

「それは俺には関係ない」

七海の顔が悲しみに打ちひしがれたように歪んでいく。

それでも忍が昨夜味わった恐怖に比べたら軟なものだろう。

「その男が勤めている銀行も取引から外す」

「えっ……そんなことしたら、融資を受けてるプレジールだって大変なんじゃないの⁉」

「残念ながらその心配は無用だ。うちは実質、無借金経営なんでね」

冷たく言い放つ。

完全な無借金経営はいざというときに融資が受けにくかったり、ビジネスチャンスに対応できなかったりするデメリットがあるが、実質的な無借金経営はそうではない。借入金を返そうと思えばいつでも返せる状態であり、銀行との信頼関係を保つというスタイルだ。

あの男が勤める銀行からは数十億単位で借り入れているが、それを即返済して関係を絶つ。銀行にしてみたら、プレジールのような優良企業から手を切られるのは相当な痛手だろう。

あの男にはその責任を負わせるのだ。

「そんな……」

「俺の大事な結月への行為を考えたら足りないくらいだ」

七海は唇を戦慄かせ、その場に膝から崩れ落ちていくようにしゃがみ込む。

「金輪際、俺たちの前に姿を現すな。もしも結月に近づくような真似をしたら、そのときはこの程度では済まさない。わかったな」

追い打ちをかけるひと言を浴びせ、忍は玄関のドアを閉めた。
まだ胸には不快感が居座っていたが、結月を思い浮かべて吹き飛ばす。
(とにかく帰ろう。早く結月の顔が見たい)
車に乗り込んだ忍は、エンジンをかけ軽快に走りだした。

幸せな結末と永遠を

半年後。忍と結月の結婚式は盛大に執り行われた。

どちらのホテルを使うのかというお家騒動に発展しそうになったため、式はプレジールのチャペルで、披露宴は久我山旅館目黒亭の庭園となった。参列者を乗せたバスが都内を何台も連なる様子はまるで大名行列。先頭車両の前列にどちらの父親が乗るのかでも揉め、結局ふたりが仲良く並んで座った。

ここまで幼稚な争いになると、周りのみんなは〝またやってるわ〟といった目で見るような始末だ。

赤く色づいた紅葉が美しい庭園で行う披露宴にふさわしく、澄み切った十一月の空はどこまでも高く、吸い込まれそうなほど。天までふたりの門出を祝っているようだった。

ウエディングドレスから打掛に着替えた結月のそばには、片時も離れずに忍がいる。

「結月、疲れてない？」

忍の両親が離れた隙を突き、腰を屈めて結月の顔を覗き込む。

「忍さん、その言葉、何度目か知ってますか？」

「さあ？」

クスクス笑いかける結月に、忍は肩をすくめて両手を広げた。

スーツ姿ですら未だに見るだけでドキドキしてしまうのに、はじめての和装姿は直視も厳しい。いつも以上に頼もしく見え、披露宴がはじまってから結月はずっと動悸がしている感じだ。

「結月はカウントしてたのか？」

「してないですけど、たぶん二十回は超えていると思います」

ウエディングドレスに着替えた直後からチャペルでの式の最中も、なにかにつけてかけられている言葉だ。打掛に着替えた後からはそれこそ頻繁に。重い衣装だから余計に心配らしい。

だがそういう忍も紋付き袴だから、動きは制限されるし疲れるのは結月と同じだ。

「そんなに言ってる？」

忍は自覚がないようで、眉をひそめて首を捻った。

「あまり優しくされたら、私つけ上がっちゃうかもしれません」

忍のそばにいると温室のようにあたたかくて、外の世界を忘れそうになる。ぬくぬくとした陽だまりのような優しさなしでは生きられなくなる。

「いいよ、結月はそのくらいがちょうどいい。でも勘違いするな。俺が優しくするのは結月にだけだから」

耳元で囁いた吐息がくすぐったい。そのまま唇が軽く頬をかすめ、恥ずかしさに顔が染まる。

「忍さんっ、こんなところでダメです」

参列者の祝福の列が切れたとはいえ、ふたりはどこにいても注目の的。頬とはいえキスは憚られる。

「披露宴ってのは新郎新婦の仲の良さを見せびらかす場所だろう？」

「そういう趣旨ではないと思います」

「いや、そうだ。それにチャペルでは唇にキスしたのをみんなが見てたじゃないか」

「誓いのキスだからいいんです」

とはいえそれも、神父に〝そろそろ終わりで〟といったニュアンスの咳払いをされるほどの長いキスだったが。

「それなら今ここでもう一度誓いのキスをしようか」

「ダ、ダメですってば」

「夜まで待てない」

「忍さんっ」

顔を突き出してきた忍の胸を必死で押していたら、ふと声をかけてくる人がいた。

「仲がよさそうでなにより」

京也だ。どこか呆れた様子にも見える。

彼がやって来た途端、忍は結月の腰を引き寄せた。俺のものを取るなといった様子に胸がくすぐられる。

「おかげさまで」

忍はそう言って、結月の頬にもう一度キスをした。

「ですから、忍さん！」

諫めるつもりの結月の言葉にも、忍は余裕の笑み。さらに結月を引き寄せ、京也に見せつけるようにする。

それを見た京也はひけらかすように大きなため息をついた。見ていられないといった様子だが、その表情はいたって穏やかだ。

「結月、よかったな。幸せになれよ」

「ありがとう、京也さん。でももう十分幸せなの。だから心配しないでね」

「そういうわけだ。結月のことはご心配なく」

結月の言葉に忍が続ける。ふたりは好戦的な眼差しを交わしたが、それはほんの一瞬。すぐに笑みが零れた。

「結月、ほんっとうに綺麗だなぁ、なぁ母さん」

「ええ、本当に」

京也が去るや否や現れたのは、結月の両親だ。恵子が微笑みを浮かべる横で、剛は目を真っ赤に腫らしている。式の最中からすすり泣く声が聞こえていたが、それからずっと引きずっているのだろう。

「ありがとう、お父様」

「いやぁ幸せそうな姿を見て父さんはっ……っく……ひっ」

　そこで嗚咽がはじまる。肩を震わせ、顔は涙と鼻水でぐちゃぐちゃだ。自分の父親がこんなにも涙もろい人間だとは、結月も知らなかった。

「お父様、そんなに泣かないで」

　背中をトントンと摩るが、涙声は大きくなるいっぽう。隣に立つ恵子も「もう、剛さんったら本当にしょうがない人なんだから」と宥めに入るが、まったく効果がない。

「これはな、うれし泣きなんだ。忍くん、どうか結月を頼むよ」

「お義父様、もちろんです。結月さんにはどんな些細なものであろうが、悲しい思いはさせません。私が命をかけて守りますので、どうかお任せください」

　誓いを立てるように胸に手をあて、剛に向って丁寧に頭を下げる。

　忍の真摯な態度を見てようやく気持ちが落ち着いたのか、剛は「ありがとう、ありがとう」と何度も繰り返しながら、様子を見にきた梨々花と三人で親族たちのほうへ戻っていった。

「すみません、忍さん。父があんな……」

「いや、父親ならああなって当然じゃないか？　もしも娘ができたら、俺もあんなふうになる予感がする」

「忍さんが？　あんなふうに？」

まったく想像できない。あんなぐちゃぐちゃに泣いて縋るような忍は、頭の中に思い描くことすら困難だ。

「ところで今日、七海さんはいらっしゃらないんですか？」

今思えば、招待客リストにも名前がなかったような気がするが。

「招待してないから」

忍があっさり返す。幼馴染みなら呼ぶのだろうと思っていたが。そういえば、結月が酔い潰れたとき以来、彼女の顔を見ていない。

「そうでしたか。……海外にでも行かれたんですか？」

「さぁどうだろう。俺は知らないな」

幼馴染みだというのにずいぶんと素っ気ない。七海の性格からして、招待を要請してきそうなものだが。

「結月はアイツを気にかけなくていい。俺のことだけを考えて」

忍は結月の両頬を手で包み込み、自分のほうに向かせる。今にも唇が触れ合うすんでのところで、「矢神副社長」と秘書の上村が現れた。

「上村、ひとつだけ教えておこう。物事にはタイミングというものがある」

深いため息をつき、忍が彼を見やる。

「それは大変失礼いたしました。私もまだまだ勉強不足ですね」

口角を上げてニッと笑った上村は、その後ろに都銀の頭取を従えていた。

それに気づいた忍の表情が即座に引きしまる。

結月は、甘い顔とのギャップにひとり胸をときめかせるのだった。


「し、忍さん、ちょっと待って、こんなところで……っ」

「ダメだ。俺がどれだけこうしたかったと思ってる？」

披露宴の後、宿泊する予定になっているプレジールのスイートへやって来たふたりだったが、ドアを閉めた途端、忍が結月を脱がせにかかったのだ。

忍の希望で揃って和装のまま。両家にはせっかく着た着物をできるだけ長く着たいのでと紳士的な笑みで言っていたが、着替えの時間すらもったいないというのが彼の本音だったらしい。できるだけ早く結月とふたりきりになりたい。そんな願望のようだ。

忍は結月の帯を解き、打掛を次々と剥いでいく。

「さすがに着物は脱がせるものが多いな」

手間取っているように見えたが、あっという間に羽田襦袢にされてしまった。

「いいね、こういうのもすごくそそる」

「ね、忍さん、待って。シャワー浴びたいの」

何枚も重ねて着込んでいたため汗もかいている。このまま忍に触れられるのは避けたい。

「そんな必要はないよ。結月はどんなときだって綺麗なんだから」

体をよじって抵抗したが、唇を塞がれ舌が交わり合えば抗う気持ちは薄れ、そのうち綺麗さっぱり吹き飛んでしまう。

忍は自分の羽織袴も脱ぎながらキスを続け、上半身を露わにする。逞しい腕で結月を抱きしめながら、肌襦袢の合わせ目から手を忍び込ませてきた。少しだけ冷たい指先が上昇を続ける結月の体温と混ざり、溶け合っていく。

肌襦袢がはだけて肩が剝き出しになり、結月は大事なことを思い出した。

「忍さん……やっぱり待ってください」

「なんで」

キスを解いて胸を押したら、忍は不満そうに目を細めた。

「かわいくないんです」

「なにが？」

「今日の下着」

レースこそあしらわれているが、和装用のため胃のあたりから上をすべて包み込むような味も素っ気もないものだ。晴れて迎えた結婚式の日に、そんな色気のない下着を忍に見られたくない。

必死に前を掻き合わせて訴えたが、忍はクスンと鼻を鳴らした。

「俺が興味のあるのはその中身。正直、下着はなんでもいい」

「そうなん……ですか？」

「どのみちすぐに脱ぐんだから」

言われてみればその通り。かわいい下着を着けても、いつもあっという間に脱がされ丸裸だ。

「どんな下着だろうが、結月の体の色気には敵わないよ」

「私に色気なんて」

ないと首を横に振る。

「自覚がないって？　毎晩のように俺を惑わせてるくせに？」

自分が忍を惑わせるなんてとんでもない。それを言うなら逆だ。

「それは忍さんのほうです」

男の色気たっぷりに迫る忍を前にして、心臓がいくつあっても足りないほど。いつオーバーフローするか気が気でないというのに。

「俺は結月の足元にも及ばないよ。ほら手をどかして」

忍は結月の手を片方ずつ下ろしたかと思えば、そのままひと思いに脱がせた。肌襦袢が結月の足元にはらりと落ちる。

下着はなんでもいいと言われたものの、やはり恥ずかしくて目を逸らしたら、忍がキスで興味を逸らしてくれた。

唇を優しく食みながらブラジャーの上から頂をカリカリと指で擦り、甘い疼きが体の奥からせり上がってくる。直接触れられているわけでもないのに、ジンジンしてじれったい。

「ぁ……んんっ……」

「相変わらず反応がいいな。もうコリコリになってる」

結月にそれをわからせようと、布越しに親指を強くあてる。おかげで自分のそこがどれだけ硬くなっているのかを思い知らされた。

「やっ、言わないで……」

「今、直に触ってあげる」

忍がブラジャーの前にあるファスナーを下げると、押さえつけられていた反動で膨らみがまろび出る。すっかり色づき尖った蕾が目に入り、布越しに忍に触れられただけで自分がどれほど興奮していたのか知り、恥ずかしさに襲われた。

忍が腰を屈め、その頂を舌先でチロチロとする様は、見ているだけで気持ちが昂ってくる。

「ぁ……ふぅ……忍さん……んん」

尖りを口に含み、ちゅうっと強く吸う。甘い痺れが体を駆け抜け、ピリッとした痛みはすぐに快楽へと姿を変えた。

直接触れられたら解消されるかと思っていた疼きは、収まるどころかどんどん溜まっていく。

下腹部が熱くてもどかしい。

「本当は結月も、式の最中から俺とこうしたかったんじゃない？」

「そんな、ことなっ……」

首を横に振るが、愉悦に引き込まれつつある頭で本当に違うだろうかと考えると、忍の言う通りのような気がしてくる。誓いのキスで忍の唇を感じたとき、もしかしたらその先も望んでいたかもしれない。

そうだとしたら、神聖な場所でそんなふうに感じた自分はなんていやらしいのだろうか。

「おかしいな。結月はいつも素直なのに。それなら直接こっちに聞いてみようか」

忍の手がショーツへ下りていく。布の上を滑り足の中央へ伸びた指先が、太腿を割って布越しに秘部を押し回した。

すでに湿り気を帯びていたのか、すぐにくちゅくちゅという水音が漏れはじめる。

「やっぱりしたかった？」

結月を見下ろす蠱惑的な笑みにドキリとさせられた。

もう否認などできない。式の最中からというのは言いすぎにしろ、この部屋に入ってキスをしたときから、忍にこうして触れてもらいたかった。

コクンと頷く。さすがに恥ずかしくて目を逸らしたら、忍は結月の頬に手を添え、強引に視線を重ねる。

「結月の素直さは、どんな武器よりも強力だね」

その眼差しに獰猛さが滲み、結月の鼓動をさらに押し上げた。

忍の指がショーツの上から秘裂を上下する。ときおり蜜口をぐりぐりと擦られ、それがたまらなくて腰が震える。

「そこ……ぁっ……やっ……」

すでに湿り気を帯びているため布が張りつき、歯痒さが募っていく。

「ここ、気持ちいいのか」

コクコクと首を縦に振って訴えると、忍の指はさらに速く動いた。蜜口の上でひっそりと息をひそめている小さな蕾をかすめるたびに、体をくねらせ身悶える。

「あぁっ、そこダメ……んんん……っぅ」

忍にしがみつき、その胸に顔を埋める。体が疼いて疼いて仕方がない。直接触れてほしくて、そこに溜まった熱を発散させたくて、駄々をこねるように顔を左右に振る。

「なんで結月はそんなに……」

忍が切なそうな声を漏らした。

しかし結月には、その後に続く言葉を催促する余裕すらない。忍の指に焦らされ、その先をとねだって体が苦しい。

ふと、ジッという音が聞こえ、秘部に開放感を覚えた。着脱が簡単な股割れタイプのショーツを穿いていたため、マジックテープを剝がすと秘部が露わになる。

「ずいぶんといやらしい下着だな、結月」

「ちがっ、それは着物だから」

「脱がずにこういうことをするためのものなんじゃないのか？」

そう言いながら忍の指が蜜路に滑り込んでくる。直接与えられた刺激に堪えきれず、びくっと背筋を逸らせた。

「あぁっ！」

「すごく熱くてぐちゃぐちゃだ。……俺の指までとろけそう」

悩ましげな声が吐息と混ざり、結月の耳を犯しにかかる。指をゆっくりと抜き挿しされ、くちゅくちゅと卑猥な音が漏れてくる。

「忍さんっ……それダメ……ぁ……あっ……」

決してダメではないのだが、どうしても裏腹な言葉になってしまう。本音では〝ダメ〟イコール〝もっと〟なのだ。

「結月のここはダメなんて言ってないけど？　俺の指を奥へ奥へ引きずり込んでいく。……ほんとすごいな」

感じ入ったように言った忍は、続けざまに「俺ももうダメだ。我慢の限界」と自分の下着をずらして逸物を取り出した。天に向けていきり立ったそれは血管が浮き出て、今にも破裂しそうなほど。

「結月を一度イカせてからにしたかったのに。かっこ悪いな、俺」

「でも私も早く忍さんと繋がりたい」

それは本心だ。どこに触れられようと、忍とひとつになれる行為以上の幸せはない。

「そんなに俺を煽るな」

忍が熱っぽい瞳で結月を睨む。もちろんそこに敵意などひとかけらもなく、官能的な視線にどきりと鼓動が弾む。

「煽ってなんて」

「結月は、その存在だけで俺をけしかける」

いるだけで扇動するとは、いったいどういうことか。

疑問に感じている間もなく結月の片足を持ち上げ、忍はぬかるんだ隘路に熱く滾ったものを突き立てた。

神様の前で愛を誓い合った直後のせいか、それともショーツを穿いたままという普段とは違う状況のせいか、体の中心がひどく熱い。

「あ……んんん……っ」

ズズズと突き進み、やわらかな蜜壁を忍の形へと変えていく。立っているせいか、お腹の奥まで押し上げられ、いつもとは違う感覚が結月の蜜窟を甘く刺激する。

指では決して得られない快楽が奥のほうから生まれ、蜜襞が自然に蠢動する。無意識のうちに忍をもっと中へ引き込もうとしているのか。

「はぁ……っく……」

忍から悩ましげな声が漏れた。

「締めすぎだ。……結月もイカせてやれてないのに、俺ひとりでイキそうになるだろ」

「そんなの……わからな……っ」

無自覚だ。そもそもその部分を自分の意思で動かすなんて高等技術は、結月にない。

首を振っていたら最奥をズンと突かれ、強くも甘い刺激が走り、体が跳ねる。

「んぁっ……やぁっ」

「全部入ったよ」

忍の形に馴染んだそこは、隙間もないほどぴたりと合わさり、ふたりが濃密に繋がり合う。

「忍さんで、いっぱい……」

この多幸感はほかでは味わえない。心だけでなく体がひとつになる瞬間は、なににも代えがたいものだ。

「動くぞ」

結月の返事を待つまでもなく、緩やかな律動がはじまる。ゆっくりと入ってきたかと思うと、その次には鋭く突かれ、そのたびに結月は嬌声を漏らすことしかできない。

ぬちゃぬちゃという淫靡な音が次第に湿り気を帯びたものに変化するのは、彼の腰の動きが激しくなった証拠。結月の呼吸も体も弾み、突き上げられるたびに脳髄まで痺れてしまう。

「あ、あっ……忍さ……すごい……奥がっ……頭がヘンになっちゃ……ぁああ」

「いいよ、もっともっとおかしくなれ……っく……。結月の中が熱くて、俺もどうにかなりそうだ」

忍は息を弾ませながら最深を激しく穿ち、快楽を上乗せしてくる。さらには胸元に手を忍ばせ硬く尖った頂を転がし、結月の愉悦を一気に押し上げた。

「そんなにしちゃ……ダメ……やっイッちゃう……ぁぁっ」

膝が震え、下肢がふらつく。片足立ちのため余計に不安定で、忍にきつくしがみつく以外にない。

「俺も……そろそろもちそうにない……」

忍の激しい抽送が、その限界を物語っているように感じさせた。

「……結月、一緒にイこうな」

耳元に忍の熱い吐息がかかる。それだけで身震いするほどの愉悦に襲われ、蜜襞がきゅうっと収縮した。

その仕返しとばかりに結月の弱点を繰り返し突かれ、頭の中が白く霞む感覚に襲われる。

「忍さっ……ん、もうイク……っぁあああ！」

全身をうねらせて、結月は絶頂にのぼりつめた。

「結月、……っく」

数回腰を揺らした忍が結合部を強く押し、短い呻き声を漏らす。忍が軽く胴震いをした後、結月は自分の中いっぱいに吐き出される熱い飛沫を全身で受け止めた。

忘我の果てに漂う結月に、忍が甘く囁く。

「……結月、愛してる。一生離さない」

「私も愛してます……。絶対に離れません」

どちらからともなく唇が重なり、ふたりだけで永遠の愛を固く誓い合うのだった。

エピローグ

一年後――。

久我山旅館とプレジールが共同で開発したリゾート『極 - KIWAMI』が軽井沢に誕生。各国の旅行会社やマスコミを招いたレセプションが、その舞台で開催された。

敷地面積はおよそ百ヘクタール、東京ドーム約三百二十個分という広さだ。敷地内には小さな川がせせらぎ、森は清涼な空気を運び、軽井沢の地形をそのまま生かした造りとなっている。フロントデスクのある三階建てのホテル棟は近代的な建物でありながら、ラウンジには囲炉裏の火を眺めながら寛げる空間があり、天然の温泉施設もある。

川伝いには静かに佇む石垣に囲まれたヴィラが点在し、日本家屋の面影を感じるテラスに風情を感じられる。プライベートを保たれた上質な滞在を堪能するにはもってこいである。

ホテル棟もヴィラも全室スイート。ラグジュアリーな空間で上質なサービスを提供し、極上のステイをサポートする。

各部屋には結月が厳選した高級オーガニックコスメを使ったアメニティが取り揃えられ、ワンランク上の非日常を体感できる。オリジナルのパッケージデザインもハイセンスで、プロジェクトチーム内でも高評価を得た。

ブッフェ形式をとったホテル棟のホールには様々な言語が飛び交い、大勢の関係者がこのリゾート施設の素晴らしさを讃えている。

忍はその中心で結月の父親とふたり揃い、その称賛を理知的な笑みを浮かべて応対する。カメラのフラッシュを終始浴び、忍の父、和彦も合わせた三人はマスコミの格好のターゲットとなっている。

今日の忍はストライプ柄のグレーの三つ揃いを着込み、緋色のボウタイがよく映え、遠くからでもその華麗な姿は人の目を惹きつけていた。

上品なレースの切り替えがあしらわれたピンクグレーのドレスを着た結月も、いつにも増して可憐な雰囲気を漂わせ、次期プレジール社長夫人として注目の的である。

結月が少し離れた場所から誇らしい思いで忍を見ていたら、ブロンドヘアの女性に声をかけられた。差し出された名刺にはフランスの旅行会社名が書かれている。結月が関係者だとわかったうえで話しかけてきたようだ。

『施設内の道はすべて舗装されているわけではないんですね』

挨拶もそこそこ。女性がフランス語で質問を投げかける。

『そうなんです。野草が茂る小道を歩く楽しさといいますか、やわらかな土の感触を足の裏で感じていただきたいという思いがあります』

足の不自由なお客様の移動手段ために敷地内で乗れるバギーを用意してあるため、メインとなる道は舗装されているが、それ以外は自然のまま。景観はもちろん、リゾートのそこかしこで素のままの軽井沢を、日本を体感してもらいたい。

そういった観点では、このリゾートは施設ではなく広大なひとつの庭と言えるだろう。

『それじゃ明日、少し早起きして小道の散策でもしてみようかしら』

『ぜひそうしてみてください。清々しい空気で心が浄化されることと思います』

招待客には一泊の滞在も用意されており、ここでの時間を心ゆくまで堪能してもらう手筈になっている。体験に勝る宣伝はない。このリゾートを後にした者はみな、その素晴らしさを雄弁に語ってくれるだろう。今夜はオープンを祝して花火も打ち上げる予定だ。

会話を終えてその女性を見送っていると、不意に忍が結月の腰を引き寄せた。

「フランス語、ずいぶん上達したね」

「聞いていたんですか？　恥ずかしい」

自分より語学がずっと堪能な忍に聞かれていたのかと思うと照れ臭い。間違った言い回しはしていなかったかと、たった今の会話を思い返した。

「恥ずかしがらなくてもいいだろう？　ネイティブかと思った」

「それは褒めすぎです。でもきっと先生の教え方がいいんですよね」

「先生？」

「忍先生」

いたずらっぽく呼んだら、忍はクスッと笑いつつ耳をほんのり赤く染めた。

結婚して一年半、照れた顔はまだ貴重な表情のため、結月の鼓動をトクンと揺らす。

「生徒が優秀だから」

テキストや聞き流しだけでなく、忍は時折シチュエーションに合わせた会話をロールプレイングでレクチャーしてくれていたのだ。

その流れで夜の夫婦生活中はフランス語だけという謎のルールを課せられることもある。それはそれでフランス語会話の勉強にはなるが、彼以外とでは使えないフレーズばかりだ。

「さすが俺の妻だなって見惚れてたところだよ」

結月の髪にチュッと音を立ててキスした忍をやんわりと制する。

「忍さん、こんなところでダメですから」

大勢の人が集まるパーティー。みんなの注目の的になりがちな忍には、いつだって誰かの視線が注がれているのだ。

「相変わらず結月はお堅いな。妻にキスをしたらいけないのか？」

「いけなくはないですけど、ほかにたくさん人がいますから」

ここには大勢のマスコミも詰めかけている。週刊誌などにふたりのキス写真が掲載されるのだけは避けたい。

「それなら早くここから出て、ふたりきりになろう」

忍は今にも結月をここから連れ出す勢いだったが、さすがにこのリゾートの責任者。招待客を放ってそれはできないと必死に堪えたようだった。


それから二時間後。宿泊するヴィラにやって来たふたりはリビングのソファに座り、花火の打ち上げを今か今かと待っていた。

窓の外はすっかり日が落ち、ヴィラの前を流れる川面には灯されたやわらかな外灯がゆらゆらと揺れる。耳を澄ませば清々しいせせらぎも聞こえた。

長年ライバルとしていがみ合ってきた久我山旅館とプレジールが手に手を取り合い、総力を結集させたリゾートの完成。それは忍と結月にとっても永遠に忘れられない大切な出来事であるのは間違いない。

「せっかくだからふたりで乾杯しようか」

忍がグラスにワインを注ぐ。

「ただし、結月はひと口までだ」

「どうしてですか？」

結婚したばかりの頃は、口に残る渋みや酸味が苦手で、飲むのは甘めのカクテルばかり。最近ようやくワインのおいしさがわかってきたというのに。

「すぐに眠くなるだろ。最高に幸せな夜だってのに俺をひとりにするつもり？」

おいしさがわかってもアルコールに弱いのは相変わらず。ワインの場合、起きていられるのは一杯までが限度。それも体調によりけりだから危うい。今日はレセプションがあり、いつもより疲れもあるからハイリスクだ。

「ですね」

顔を見合わせ、クスッと笑い合う。

せっかくの夜に忍を残して眠りたくない。

忍は、ほんの少しだけ注いだグラスを結月に手渡した。

「乾杯しよう」

「なにに乾杯しますか？　プレジールと久我山旅館のますますの発展？」

「それはもちろん。だけど、ふたりの幸せも忘れるな」

忍に微笑み返し、グラスを揃って持ち上げた瞬間、窓の外に大輪の花が開く。まるでふたりの乾杯に合わせたかのよう。

ドーンという重低音が響き、次々と光の輪が打ち上がるなか唇が重なる。

「以前結月が、俺になにか好きなものとか、そばに置いておきたいものはないかって聞いたこと覚えてる？」

「はい、もちろんです。プレゼントをもらうばかりで、私もなにかあげたいなって思って聞いたんですよね」

はぐらかされたのか忘れたのか、結局その答えは聞けないままだった。

「俺が好きなのは結月。そばに置いておきたいのも結月。それ以外のものはなにもいらない」

限りなく甘い答えが結月の心をくすぐる。

「今すぐほしいのも、結月、キミだけだ」

もう一度唇が触れると同時に、背中に回した忍の手が結月のドレスのファスナーをゆっくり下ろしていく。

「でも花火が」

「俺は花火よりも綺麗な結月を見たい」

吐息で囁きながらキスを続ける。

そうして求められて、結月が拒めるはずもない。

「忍さんの甘い誘惑も私にとっては凶器です」

「それじゃ、お互い様だな」

クスッと笑った息づかいがくすぐったい。

「結月、愛してる。……一生離してやらないから覚悟して」

「私も愛してます。大好き、忍さん」

この場所からはじまる久我山旅館とプレジールの歴史とともに、ふたりの未来も限りなく永遠に紡いでいく。

軽井沢の澄んだ夜空に大輪の花が開き、ふたりの頬を明るく照らす。重ねた唇で愛を語らいながら、甘く濃密な夜は更けていった。

番外編　愛の結晶を宿して

忍と結婚してから間もなく二年が経つ三月の終わり。結月は久しぶりに実家へやって来た。バレンタインデーに父にチョコレートを渡して以来だから、一ヶ月以上ぶりだ。

とはいえ父の剛とは会社で顔を合わせるし、母の恵子や姉の梨々花とは電話やメッセージのやり取りを頻繁にしているため、そこまでご無沙汰でもない。

今日帰ってきたのは梨々花の結婚が決まり、家族水入らずでお祝いするためである。仕事を終えて駆けつけた結月は、家政婦の恭子と一緒に手巻き寿司の準備を整えた。

みんなでワイワイ楽しめる手巻き寿司は、結月にとってお祝いメニューの定番。子どもの頃からなにかにつけて出されてきた、いわば久我山家の家庭料理である。

すし飯には大葉やみょうがなどの薬味をたっぷり混ぜ込み、海苔だけでなく薄焼き玉子やサラダ菜などで巻くのも絶品。マグロやサーモン、厚焼き玉子などの定番の具はもちろん牛肉のしぐれ煮や肉そぼろなど、変わり種の具も並んだテーブルは華やかな彩だ。

恭子も仲間に加えた五人で早速シャンパングラスを傾ける。

「お姉ちゃん、おめでとう」

結月が手にした麦茶の入ったグラスを見て、梨々花は目をパチッとさせた。

「お祝いなのに飲まないの？」

「うん、今夜はやめておこうかなと思って」

「体調でも悪いの？」

向かいに座る恵子から心配そうに聞かれて首を横に振る。

「そういうわけじゃないから心配しないで。食べ終わったら帰らなきゃならないし」

「それならいいけど、仕事もあまり無理しちゃだめよ？」

「うん、わかってる。ありがとう」

笑顔で返し、麦茶で喉を潤した

「いやぁ、しかし一生結婚しないんじゃないかと梨々花にはハラハラさせられたなぁ」

「私は、政略結婚はしないって言ったの。結婚しないなんてひと言も言ってないでしょ。やっぱり結婚は運命的な出会いでなくっちゃ」

イクラを海苔で包み、梨々花が頬張る。

もしも彼女が常々〝政略結婚はしない〟と言っていなかったら、結月は忍と結婚していなかったかもしれない。容姿端麗でなんでも卒なくこなす姉に遠慮して、縁談を受けなかった可能性もあるだろう。

その梨々花のお相手は、コンサルタント会社経営の若きエリート。三ヶ月前にカナダ出張のために乗った飛行機で出会ったという。座席の間違いが縁で仲良くなり、現地でデート中にプロポーズされたらしい。結月もびっくりのスピード求婚だ。

運命の恋を夢見ていた梨々花にはぴったりの出会いと言えるだろう。

結月はまだ会っていないが、両親によるととても素敵な人だという。

「ところで結月たちは子どもを作る予定はないの？」

「えっ、あ、ううん、そういうわけじゃないけど」

急に話題が結月に飛び、答えがしどろもどろになる。

「まだ二年だもの。少しゆっくりするのよね」

恵子が梨々花に言うのは、結月を気遣っているからだろう。その言葉に微笑みを返しつつ、サーモンを薄焼き玉子で巻く。

結婚して半年が過ぎたあたりから、その手の質問は度々されてきた。

〝子どもは早く作ったほうがいいよ〟〝女の人にはタイムリミットがあるから〟〝しばらくはふたりでいたいって思っていると欲しいときにできなくなるよ〟

そんな言葉をかけられるたびに「そうですね」と笑って返していたが、次第に笑顔も引き攣るようになった。

結月だって、結婚したら自然と子どもはできるものだと思っていたのだ。避妊しているならまだしも、結月たちは一度もそうしていなかったから。

もしかしたら自分は妊娠しにくい体質なのかもしれない。だとしたらどうしよう。忍はひとりっ子だから、跡継ぎを産めなければ結月の存在意義はなくなるのではないか。病院へ行ったほうがいいだろうか。

表面上は気にしていない素振りを見せながら不安を募らせていた。

ほぼ順調だった生理の遅れに気づいたのは、数日前のこと。

もしかしたらそうかもしれない。いや、まさか違う、違う。

どうしたって期待するが、勘違いだったときの失望を考えて自分を律する。これまでにも何度かそうしてガッカリした経験があった。

それでもはやる気持ちを抑えながら妊娠検査薬を試したら……。

薄っすらと陽性反応が現れた。

すぐにでも忍に伝えたかったが、なにかの間違いの可能性もある。これまで二年間もできなかったのだから、そう簡単にできるはずがない。忍をぬか喜びさせるわけにはいかないと、病院ではっきり判定されるまで黙ったままにした。

そうして今日、朝一で婦人科へ行き、ようやくお墨付きをもらえた。

結月は、待ち望んでいた子どもをようやく宿したのだ。

シャンパンでなく麦茶にしたのはそのため。

本当なら、今すぐここでみんなに報告したいが、忍にいの一番に知らせたい。それに梨々花のお祝いの席である今日は、主役の座を彼女のままにしたかった。

「恭子さん、この牛肉のしぐれ煮、とってもおいしい」

サラダ菜に巻いて食べたら、シャキッとした歯ごたえも相まって絶妙だ。

「それはよかったです。甘すぎないですか？」

「ちょうどいい甘さよ。お姉ちゃんも食べてみて」

結月に勧められた梨々花も「おいしい」と絶賛。すぐさま剛と恵子もそれに続いた。


久しぶりの家族団らんを終え、玄関先で見送られる。

「明日は土曜日で休みでしょう？　泊まっていったらいいのに」

「休みなんだけど、明日は忍さんと出かける予定なの」

引き留めようとする恵子にごめんねと謝る。

「どこへ行くの？」

「清里に」

「もしかして極-KIWAMIの候補地の？」

即座に反応した剛に頷く。

久我山旅館とプレジールで共同開発した軽井沢の極-KIWAMIがオープンして約半年。そろそろ次の物件を手掛ける予定だという。

その候補に上がっている清里にふたりで行ってみようと忍に誘われていた。たぶん忍は忘れているだろうが、明日は彼の誕生日でもある。昨年の誕生日は軽井沢の開発で不在。ふたりでお祝いができずに終わったため、今年こそはとリベンジも兼ねている。

妊娠の報告も明日まで取っておこうと画策中だ。きっと喜んでくれるはず。話したときの忍の顔を想像するだけで、今から頬が緩んでしまう。

「気をつけていってくるのよ」

「忍くんにもよろしく伝えてくれ」

恵子と剛がそう言う隣で、梨々花が「今日はありがとうね」と微笑む。左手の薬指にはすでに婚約指輪が輝き、梨々花の顔も幸せいっぱいだ。

「結婚式、楽しみにしてるね」

「結月には歌でも歌ってもらおうかな」

「やだ、やめて」

鼻歌がせいぜい。それだって微妙なラインだ。

「どうして？　忍さんとふたりでデュエットでもいいじゃない？」

「それなら父さんと母さんがいくらでも自慢の喉を披露してやるぞ？　なぁ、恵子？」

その場がドッと笑いに包まれた。

都心から車で二時間弱。雄大な八ヶ岳《やつがたけ》の麓にある清里高原は、カントリームードが溢れる高原リゾートである。

標高一二〇〇メートルという場所にあり、夏場でも清涼な場所のため多くの別荘も建つ。広大な緑の高原にクラフト体験、ショッピング、乗馬などのスポットが点在しており、軽井沢のように避暑地として有名だ。

忍の運転する車で周辺を散策しながら、滞在予定のホテルへ向かう。

「清里って、もっと人で賑わっているのかと思っていましたけど静かなところですね」

春休み期間と重なるこの時期は、もっと観光客がいてもおかしくないのではないか。

「バブル期の清里駅周辺は、原宿並みに若者でごった返していたらしい。今はシャッターが下ろされて寂しい雰囲気も漂っているけどね」

「そんな場所に極-KIWAMIを？」

お客さんが入るかどうか余計な心配をする。

「国内のスキー・スノーボード人口は減少傾向にあるけど、インバウンド需要は右肩上がりなんだ。日本の雪質は海外でも高評価らしい。日本とパウダースノーを合わせて〝JAPOW（Japan・Powder・Snow)〟って造語が作られるほど海外に浸透しているんだ」

忍によると、スノーリゾートの地域活性化における重要なカギとして注目されているのだとか。

県の行政からもプレジールに誘致の要請が度々入っているという。

（やっぱり仕事のことを熱く語る忍さんは素敵だな……）

忍の嬉々として話す様子を助手席で見ながら、つい見惚れるのはいつも。はじめてその姿を久我山旅館の本社で見たときには厳しい表情に背筋が伸び、緊張のほうが遥かに上回ったが、その裏側にある優しさを知っている結月にとって、そのギャップはとても魅力的だ。

「……なに？　どうかした？」

あまりにも凝視していたようで、忍がチラッと視線を結月に投げかける。

「あ、ううん。忍さんって本当にカッコいいなって思って」

「いきなりどうした」

「私の旦那様は世界一ですね」

決して誇張ではない。

三年前に出会ったときからこれまで、忍の嫌な一面というものを見たためしがない。いつだって紳士で優しくて、愛情ゆえのちょっぴり意地悪な言動でさえも愛しくてたまらない。

恋は盲目とはこのことだろうか。

結婚してもなお、結月は忍に恋い焦がれている。

忍の耳がわずかに赤くなった。平静を装っているように見えて、じつは照れているというギャップもまた素敵なのだ。

「それを言うなら結月のほうこそ世界一、いや宇宙一だな」

今度は結月が最上級の褒め言葉をもらった。

「宇宙一って、さすがにそれはオーバーです」

思わずふふっと笑ったが、頬が熱くなるのは止められない。

「オーバーなもんか。結月は俺にとって最高の女性だ。ほかの誰にも代えられない」

チラッと投げかけられた視線が優しくて、ほんの少しだけ熱っぽいから、結月の鼓動をたやすく跳ね上げる。

「世界一の俺と宇宙一の結月の間に生まれる子どもは最強だな」

忍が笑いながら言った言葉に結月はドキッとさせられた。無意識に手がお腹にいく。

妊娠を報告するのは今夜と決めている。おそらく忍は、今日が自分の誕生日だということも忘れているだろう。プレゼントのひとつとして妊娠を報告したい。

「結月？　どうかした？」

いきなり押し黙った結月に忍が怪訝そうに問いかける。

「あ、ううん、なんでもないです。そうですね、最強です。なんといっても忍さんの子どもですから」

不審な様子にどうか気づかないでと祈りながら、結月も笑って返した。

ふたりが泊まるホテルは、八ヶ岳と富士山の雄大な自然に囲まれた高原リゾートにある。

森の中に佇む白亜の城といった風情のホテルは、周りの自然と融合して凛とした雰囲気でそこに建っていた。四階建ては決して大きな規模とは言えないが、自然との調和を考えればちょうどいいと言えるだろう。

車から降り立つと清涼な空気が体にも気持ちがいい。

荷物を下ろしてホテル内に足を踏み入れる。アイボリーを基調とした内装はあたたかみがあって、とても落ち着く。ロビーには赤いラウンジチェアがいくつか置いてあり、アクセント的な役目を担っていた。

「チェックインを済ませてくるから、結月はここで待ってて」

忍に言われ、結月は赤い椅子に腰を下ろした。

清里駅周辺の人の出はそれほどでもなかったが、ここは比較的多くの観光客がいるように見える。ロビーにはチェックインを待つ人の列や、ラウンジでお茶を楽しむ人が多くいる。

（スキー場の近くにリゾートを展開したら、きっとたくさんの人が訪れて賑やかになるだろうな）

そんなことを考えて、ひとりで楽しい気分になった。

そうして忍を待っていると、ふと目の前で若い外国人男性がなにかを探して視線を彷徨わせているのに気づく。

（なにか落としたのかな？）

目線はフロアに向いていた。

そういった人を放っておけないのが結月である。

『どうかされましたか？』

立ち上がって英語で話しかけた。

パッと顔を上げた男性は、癖のあるブロンドヘアがよく似合う甘いマスクだ。ターコイズブルーの瞳が美しい。

『ピアスを落としちゃったんだ』

彼の顔を見たら、両耳にたくさんのピアスが輝いていた。そのうちのひとつを落としたようだ。

『どのようなデザインですか？』

フランスなまりの英語に聞こえたため、ためしにフランス語で重ねて聞くと、彼の顔がぱぁっと華やぐ。

『キミ、フランス語しゃべれるの？』

『少しでしたら』

人差し指と親指を使ったジェスチャーも付ける。

あれからもフランス語は学んでいるため、軽井沢のリゾートがオープンしたときよりは若干上達しているだろう。それもこれも忍という偉大な先生のおかげだ。

『日本にいてフランス語で話しかけられるのって滅多にないから新鮮。しかもキミみたいな魅力的な女性なんて光栄だな』

『ありがとうございます』

外国人の多くは初対面だろうと普通に女性を褒めるが、セールストークのひとつだと心得ているため忍に言われるときのように戸惑ったりはしない。

『それで、落としたというピアスですが』

『あぁ、それならこれと同じやつ』

彼が左耳にいくつかあるピアスを指差す。一番上の星をかたどったデザインだ。

直径五ミリ程度。探すのが大変そうではあるが、声をかけた以上放ってはおけない。

『私もお手伝いしますね』

『ありがとう。助かるよ』

彼と一緒にフロアを探しはじめた。

落とした場所から転がったとしても、そう遠くまではいかないだろう。近くにあった椅子の影やアレンジメントフラワーのそばを隈なく確認していく。

五分ほど過ぎた頃だろうか。壁のほうでなにかが煌めいたように見えたため近づくと、それはまさしく星の形をしたピアスだった。

『ありました。これですか？』

少し離れた場所にいた彼に近づき、手のひらに乗せたピアスを差し出す。

『そう！　これこれ！　ありがとう！』

彼はピアスを手にするや否や、結月を抱きしめた。

「あ、あのっ！」

咄嗟に日本語に戻って抵抗したときだった。

『どうしてお前がこんなところにいるんだ』

見知らぬ男に抱きしめられていた結月を引き離したのは、ほかでもなく忍だった。

（……忍さんの知り合い？）

忍が結月を自分の後ろに庇うようにする。どことなく不機嫌な声色だ。

『シノブじゃないか！　久しぶりだな！　っていうか、彼女はシノブの……』

彼の視線が忍と結月の間で揺れる。

『妻だ』

『なに、それじゃクガヤマの⁉』

なんと結月のことまで知っているらしい。彼は美しい目を見開き驚いた。

（いったいどこの誰なんだろう）

結月のほうはまったく面識がない。そもそも外国人の知り合いはいないに等しいのだから。

「ホテルリゾティアの御曹司だよ。クリストフ・アンドレ」

困惑する結月に気づいた忍がこっそり耳打ちする。

「えっ、そうだったんですか」

その名前なら聞いたことがある。

『あ、今、俺の悪口言っただろ。日本語がわからないからってズルいじゃないか。どうせ女癖が悪いとかそんなところだろう』

『べつにクリストフの悪口は言ってないし、自分でそれを暴露していたんじゃ世話ないな』

『確かに』

クリストフは自分でも納得したのか、クスッと笑みを漏らした忍に笑い返した。

最初こそ好戦的な空気が漂っていたが、一気に和やかなムードになる。

忍によると、ふたりはカリフォルニアに留学していた大学時代からの友人だという。卒業したきり、交流はなかったそうだが。

まさか、あのリゾティアの人間と忍が知り合いだったとは思いもしなかった。

『まさかリゾティアもこの土地に？』

『そういう忍のほうも？』

互いに視線の奥を読み取るように見つめ合う。そして数秒後にふたり揃って肩を上げ下げしながら息を吐いた。

リゾティアもこの地にホテルを建築する予定らしい。

『今日はその視察も兼ねて、ここに滞在するんだ。忍たちもか？』

『奇遇だな』

忍が頷く。

『しかしクガヤマの令嬢が美しいとは噂に聞いていたが、こんなに可憐な女性だとはね』

緑がかった青い瞳が結月を向いた。

『日本人女性狙いなのは相変わらずだな』

『……日本人女性、狙い？』

結月が忍の言葉を聞き返す。

『そう。日本人女性は昔から俺のタイプ。控えめで奥ゆかしくて、凛としたところが大好きなんだ。黒髪と黒い瞳も憧れる』

クリストフに真っすぐ見つめられ、なんとも居心地が悪い。

「アメリカにいたときも、あちこちの日本人に手を出して大変だったんだ」

再び忍が日本語でこそっと囁いた。

『ほらそこ！　日本語でコソコソするなって！』

すかさずクリストフが突っ込む。

『女ったらしだっていう事実を教えたまでだよ』

『女たらしなんてひどいじゃないか。愛を求めて彷徨う旅人とでもいってくれ』

『綺麗な言葉で飾ったところで、たらしはたらしだ。ともかく俺の妻の結月に色目を使ったらただじゃおかないぞ』

忍は遠慮なく鋭い視線で彼を射抜いた。

『あぁ……今日ほどシノブを羨ましいと思ったことはないね。もっと早くユヅキと出会いたかった』

クリストフが盛大に肩を落として項垂れる。

社交辞令のひとつだとわかっていても、そう言われて結月も悪い気はしない。それに、忍の古くからの友人に会えてうれしく、仲の良いところを見られたのもよかった。

『とにかく、リゾティアには負けないから覚悟しておけよ』

『そのセリフはそのままシノブに返そう。キヨサトで大きな顔をさせるつもりはないからね』

クリストフは、ウインクを飛ばしていたずらっぽい顔をした。

『ユヅキ、またどこかで会えるのを楽しみにしてるよ。そのときはぜひ、シノブには内緒でふたりきりで話そうね』

そうですねと返すわけにもいかず、結月は微笑みを浮かべるに留めた。

『クリストフ、ふざけたことを言うな』

忍に肘で脇腹を小突かれ、クリストフは大袈裟に痛がってお腹を抱えた。

クリストフと別れて、結月たちはようやく部屋に向かった。

エレベーターに乗り込み、階層ボタンを押す。

「結月、疲れてない？」

「全然疲れてないですよ。クリストフさん、とても楽しい方ですね」

「昔から人懐こい男だったな。それであの容姿だろう？　女性はコロッといっちゃう」

「わかる気がします」

背は高いし、美しい顔立ちのうえ青い瞳に見つめられたら、逃げるのは相当難しい。

ふと隣から視線を感じたためそちらを見ると、忍の湿気を含んだ眼差しがあった。

「結月もコロッといったとか言うなよ？」

「まさか。そんなわけがないじゃないですか」

「今、わかる気がするって」

不満を隠しもしない。忍は不服そうに眉間に軽く皺を寄せた。

「それは一般的に考えたらそうだろうなって程度です。私は忍さんしか見えていませんから。さっき世界一って言いましたけど、唯一無二の一番です」

二番も三番もない。忍以外の男性は結月にとっては存在しないも同然なのだ。

「……ごめん、結月」

忍は口元に手をあて、結月からさっと目を逸らした。照れているときにする仕草だ。

「俺はダメだな。結月のことになると気持ちがセーブできない」

「私も同じです。もしもクリストフさんみたいに女性が目の前に現れて、忍さんを褒められたら、うれしいのと同時にヤキモチやいちゃいます」

ありのままを素直に言葉にした結月に、忍は軽いキスをした。

「このままここで押し倒したくなるようなことを言うな」

クスッと笑った吐息が唇にふわりとかかる。

「はい……」

恥ずかしげもなく言われ、結月も耳まで熱くなった。

エレベーターを降りて到着したのは、このホテルの最高ランク、ラグジュアリースイートである。

ドアを開けると同時に明かりが灯り、広い部屋が目の前に現れた。ヨーロピアン調のエレガントな内装に品がある。

荷物をリビングに置き、忍と一緒にバスルームから順番に見ていく。

白い壁をベースにベビーピンクの洗面台が設置されたパウダールームはかわいらしい印象。バスルームも広くてゆったりしている。

忍に手を引かれて部屋の中を巡りながら、結月はひとりで胸を高鳴らせていた。

(忍さん、喜んでくれるかな……)

ドキドキしながらベッドルームに向かう。

ドアを開けた忍は、そこで時が止まったかのように動きを止めた。

「これ……」

大きなベッドの上に深紅のバラの花びらで〝ハッピーバースデー〟の文字がかたどられ、そばにはホールケーキが置かれている。

もちろん結月がホテルにお願いして準備してもらったものだ。

「忍さん、お誕生日おめでとうございます」

「そうか、今日は俺の誕生日だったのか」

そこでようやく思い出したのか、忍はハッとしたように結月を見た。

「やっぱり忘れていたんですね」

毎日仕事で忙しくしている忍のこと。前回の誕生日のときもそうだったから、今回もそうだろうと予測していた。

「いつも私のほうが忍さんにプレゼントをもらうばかりだから、今日こそ驚かせようと思って」

ケーキのそばに置かれ、ラッピングされた箱を忍が手に取る。

「これも結月から？」

「はい。開けてみてください」

リボンを解き、箱から出てきた万年筆を手に取り、忍が満面の笑みを浮かべる。

「仕事でも使えるものを選びました」

以前、彼からもらったペアウォッチは常に結月の左手首にある。今度は自分の番だと、忍のそばにいつでも置いてもらえるものを考えたのだ。

「名前まで入ってるじゃないか」

「せっかくだから記念になるものがいいなって」

忍の名前を入れてもらっていた。

「結月、ありがとう。今までで一番うれしい誕生日だ」

忍の腕が結月を引き寄せ、抱きしめる。ぎゅっと強まった腕の力が忍の喜びを表しているようで心が躍った。

「俺からもプレゼントがあるんだ」

結月を引きはがし、忍がジャケットのポケットを探る。

そこから出てきたのは、お決まりのジュエリーショップのロゴだった。

「今日は忍さんの誕生日なのに」

結月までプレゼントをもらってどうするのか。

彼のプレゼント応酬は相変わらず。今も頻繁にもらうばかりだ。

「何度も言うけど、妻へのプレゼントは夫の楽しみ。それを取り上げられたら困る」

すぐに開けてと忍が催促をする。

手のひらサイズの小箱を開くと、中から美しいリングが姿を現した。ハートをかたどったプラチナの真ん中にダイヤモンドが輝く。

「かわいい」

結月の好みもあれから変わらず。ハートは大好きなモチーフである。

「ありがとう、忍さん」

結婚指輪に重ねて、忍が結月の左手薬指にはめてくれた。

(とっても素敵……)

思わず見惚れた結月だったが、もうひとつ大事なミッションが残されていることに気づいた。

「忍さん、私からもうひとつプレゼントがあるんです」

「え？　もうひとつ？」

目を瞬かせる忍の両手を取り、自分のお腹に添える。

「赤ちゃんができました」

「えっ……」

忍はそう言ったまま数秒間フリーズした。

「聞こえました？」

「聞こえた。……けど赤ちゃん？　ここに俺たちの？」

すぐには信じがたいのか、何度も繰り返し尋ねる。

「はい。三ヶ月ですって。秋には産まれます」

忍の顔がみるみるうちに輝き、今にも零れそうなほどの笑顔になった。

「そうなのか！」

結月の両腕を掴み、もう一度抱き寄せる。

「忍さん、パパですね」

「結月はママか……。今日は本当に最高の誕生日だな。結月、ありがとう」

「私のほうこそ、ありがとう、忍さん」

忍からは、何度言っても足りないくらいの幸せをもらってきた。そのうえふたりの子どもまで宿し、最上級の幸福の真っ只中にいる。

結月をそっと離し、忍が唇を重ねる。慈しむような触れ方は、いつも以上に優しい。

「……ということは、しばらく結月とはお預けか」

ガッカリしたような声色だ。

「あ、それなら……ソフトなものなら大丈夫だと先生から言われました」

「結月が先生に質問したの？」

「……はい。私も忍さんと触れ合えないのは嫌だなって」

正直に打ち明ける以外にない。そうでなきゃ先生にわざわざ聞いたりしないだろうから。

顔が異様なまでに熱くなっていく。

「結月の素直さは、やっぱり脅威だな」

ため息交じりに呟いた忍は、困ったような顔をしながらも、その目に熱を滲ませていた。

「結月もお腹の子どもも、俺が命をかけて守っていく。愛してるよ、結月」

「私も……」

再び触れ合った唇から、熱が全身に伝わっていく。

この先に待っている未来に想いを馳せつつ、結月は心の底から幸せを噛みしめた。

END

あとがき

こんにちは、紅《くれない》カオルです。ルネッタブックス様では、はじめましてですね。

この度は本書籍をお手に取ってくださり、誠にありがとうございました。


政略結婚と見せかけた純愛はいかがだったでしょうか。数々の恋愛を経てきた忍ですが、結月は初恋のようなもの。はじめての気持ちに戸惑うのは、結月と同じだったと思います。

彼女を手に入れたいがために策を練り、さらには気を引きたくてプレゼント攻撃。そこまでしてもらえる結月を、作者の立場でも〝いいなぁ〟と羨みながら書き進めました。これまでに何度か政略結婚を題材に書いてきましたが、真摯さでいったらナンバーワンのヒーローだったのではないでしょうか。

次はもっと癖のある男を描いてみたいです。

ちなみに余談ですが、ハートのモチーフは私も大好き。柄にもないラブリーな趣味は、たまに家族にも引かれることがありますが……。

本書籍では多くの方々に大変お世話になりました。編集の担当さんには、いつも懇切丁寧なご指導をいただいております。なによりも心情を大切にした作品を目指すべく今作もがんばりました。

ほかにもカバーをご担当いただいた浅島《あさじま》ヨシユキ先生や販売に携わる皆様にも心より感謝申し上げます。本当にありがとうございました。

そして、いつも私の作品を読んでくださる読者様にもお礼を言わせてください。読んでくださる方がいらっしゃるからこそ書き続けていられます。

またこのような機会を通して皆様に会えますように。それまでさらに楽しんでいただける作品を書けるよう精進してまいります。

紅カオル

ルネッタⓁブックス

交際0日夫婦

政略婚の蜜月が甘いようです

2021年11月25日　第１刷発行　定価はカバーに表示してあります

著　者　紅カオル　
編　集　株式会社エースクリエイター
発行人　鈴木幸辰
発行所　株式会社ハーパーコリンズ・ジャパン
東京都千代田区大手町 1-5-1
03-6269-2883（営業部）
0570-008091　（読者サービス係）

印刷・製本　中央精版印刷株式会社

ISBN978-4-596-01737-6